Die Legende
von
Londerry Hall

Über die Autorin:
Christina Monika Straßberger, geb. 1993, lebt mit ihrem
Mann und ihrem Sohn in Bad Feilnbach.
Schon als Kind war sie eine begeisterte Reiterin und viele
Jahre selbst Pferdebesitzerin. Sehr früh begann sie
Geschichten über ihre Lieblingstiere zu schreiben und
träumte davon, ein Buch zu veröffentlichen. Christina reist
gerne in nördliche Länder und lässt dort ihre Erzählungen
spielen.

wir nicht Teil dieses Teams waren, ließ sie uns immer wieder spüren. Für uns gab es also nur die Hoffnung, Fiona wenigstens in der Einzelwertung zu übertreffen.

„Hey Caitlin, du warst wirklich klasse heute!", lobte Tara. Ihre fast schneeweiße Grace trottete gemächlich den schattigen Waldweg entlang. Meine Roxy war noch aufgedreht von unserem schnellen Ritt und hüpfte ohne besonderen Grund zur Seite. Kurz darauf entspannte aber auch sie sich und meine Gedanken schweiften ein wenig ab.

Tara und ich machten von Kindesbeinen an alles zusammen und hatten auf dem Reiterhof von Fionas Eltern unsere ersten Reitstunden genommen. Nun waren wir beide sechzehn, beste Freundinnen und besuchten die Sekundarstufe II unserer Schule.

Vor gut drei Jahren hatten unsere Eltern beschlossen, dass wir nun alt genug für eigene Pferde waren. Hinter unserem Haus befand sich praktischerweise ein alter Stall mit vier Boxen und einer geräumigen Sattelkammer. Ein Freund von Taras Eltern besaß ein Vollblutgestüt und hatte uns die beiden Stuten zu einem günstigen Preis angeboten. Unsere Eltern hatten nicht viel Ahnung von Pferden und freuten sich, dass wir so schöne Pferde gefunden hatten. Tara und mir war damals nicht der Gedanke gekommen, dass zwei dreijährige Stuten zu temperamentvoll für zwei dreizehnjäh-

7

rige Reiterinnen sein könnten. Zwar waren die beiden zu langsam für den großen Rennsport, aber dennoch dafür trainiert worden.

Tara hatte sich bei der Besichtigung sofort in die hübsche Schimmelstute Full of Grace verliebt, die mit ihrem sanften Wesen und ihrer Unerschrockenheit nie Probleme bereitete. Ich dagegen hatte mich für die braune Roxana entschieden und dies mit mehreren Knochenbrüchen und anderen Verletzungen bezahlen müssen. Aufgegeben hatte ich jedoch nie und nun war ich meist in der Lage, uns beide wieder heil nach Hause zu bringen.

Ähnlich unterschiedlich wie unsere Pferde waren auch wir Mädchen. Als jüngere Schwester der Zwillinge Mike und Sean hatte Tara sich schon immer gegen ihre Brüder behaupten müssen. Sie war eindeutig die Wildere von uns beiden. Ihre roten, unzähmbaren Locken und die katzenhaften, grünen Augen spiegelten ihr irisches Temperament perfekt wider. Die brave Grace und ich waren wohl ihre Ruhepole im Leben. Manchmal wäre ich gerne etwas mehr wie Tara, doch ich war eben die ruhigere und besonnenere von uns beiden. Mein Aussehen war auch weit weniger bemerkenswert. Mit meiner etwas molligeren Figur, den braunen Augen und den glatten, braunen Haaren, fühlte ich mich meist eher durchschnittlich.

Die Legende von Londerry Hall

Christina Straßberger

Das Gold der fahrenden Leute klimpert und glitzert nicht.
Es glänzt in der Sonne und wiehert in der Dunkelheit.
(Irisches Sprichwort)

Bibliografische Information der Deutschen Nationalbibliothek: Die
Deutsche Nationalbibliothek verzeichnet diese Publikation in der
Deutschen Nationalbibliografie; detaillierte bibliografische Daten
sind im Internet über dnb.dnb.de abrufbar.

Herstellung und Verlag: BoD - Books on Demand, Norderstedt
Korrektorat: Susann Pacher
Umschlaggestaltung: Sarah Baumgartner

ISBN: 978-3-7583-1072-0

Kapitel 1

Neue Nachbarn

Das dunkelhaarige Mädchen lag auf dem Bett und starrte zur weißen Zimmerdecke. Immer wieder drangen Gedanken an glücklichere Zeiten zu ihr durch. An damals, als sie auf ihrem rabenschwarzen Pferd über die sanft geschwungenen Hügel der Grünen Insel galoppiert war.

„Wahnsinn, ihr seid ja geflogen!" Meine beste Freundin Tara hob grinsend die Stoppuhr in die Höhe.

Etwas außer Atem, aber sehr zufrieden, tätschelte ich meiner kastanienbraunen Vollblutstute Roxy den Hals.

„So hat es sich auch angefühlt!"

Gerade hatten wir einen Übungsparcours mit Naturhindernissen absolviert. Und zwar in einer, wie ich wetten könnte, sehr guten Zeit.

„Das Herbstturnier kann kommen!", meinte ich zuversichtlich.

Tara, die auf dem Rücken ihrer schönen Schimmelstute thronte, lachte auf. „Dir ist schon klar, dass erst mal die Sommerferien kommen? Bis zum Herbst müssen wir aber unbedingt in Form bleiben!"

„Seid ihr fertig?", hörten wir eine näselnde Stimme hinter uns. Sie gehörte Fiona Callaghan, deren Eltern die Geländestrecke besaßen, auf der wir freundlicherweise trainieren durften. Sie waren auch die Besitzer des örtlichen Reiterhofs, auf dem Tara und ich früher Reitunterricht genommen hatten.

Fiona sah mit blasierter Miene vom Rücken ihrer Fuchsstute Fair Lady zu uns hinüber. Flankiert wurde sie von ihrem Bruder Samuel und ihren beiden Freundinnen Brianna und Kirsty.

„Mein Team möchte jetzt trainieren", verkündete sie und hob eine Augenbraue. Sogar fürs Geländetraining hatte sie sich herausgeputzt. Jede Menge Wimperntusche betonte die großen Augen in ihrem puppenhaften Gesicht und ihr blonder Pferdeschwanz saß wie immer perfekt. Fiona wirkte mit ihrer blassen Haut wie eine zerbrechliche Porzellanpuppe. Der Teil, den ich von ihr kannte, war aber in etwa so fragil wie ein Panzer.

„Wir waren gerade fertig!", meinte Tara fröhlich und sah mich auffordernd an.

„Ja, viel Spaß euch!", rief ich und wendete Roxy.

Fiona demonstrierte bei jeder Gelegenheit, dass sie beim Herbstturnier nicht nur in der Einzelwertung, sondern auch mit ihrem Team antreten würde. Dass

„Caitlin? Träumst du?" Tara riss mich aus meinen Gedanken.

„Mhm?", fragte ich verwirrt.

Sie lachte. „Eigentlich wollte ich wissen, ob du die Mathehausaufgaben für morgen schon fertig hast."

„Musst du mich an einem so schönen Tag an Mathe erinnern? Nein, ich habe sie noch nicht, aber ich erledige sie später, ehrlich!"

Tara grinste wissend. „Ja, morgen früh im Schulbus und dann werden deine Lösungen verdächtige Ähnlichkeit mit meinen haben."

Nun lächelte ich auch. „Zum Glück sind bald Ferien, dann müssen wir uns nicht mehr damit herumschlagen."

Heute war ein herrlicher Sommertag. Die Sonne schien von einem wolkenlos blauen Himmel und in der Luft lag der Geruch von Pferden und frisch gemähtem Gras. Der Weg führte am Waldrand unterhalb eines Hügels vorbei. Auf der Anhöhe stand ein riesiges, beeindruckend aussehendes Herrenhaus aus grauen Natursteinen. Londerry Hall.

Tara folgte meinem Blick. „Ich habe gehört, dass neue Leute nach Londerry Hall kommen."

Überrascht hob ich eine Augenbraue. „Tatsächlich? Ich habe noch nichts davon mitbekommen."

Die alte Mrs. Barker war vor Kurzem verstorben und ich hatte nicht geahnt, dass das Anwesen so schnell verkauft worden war.

„Wer hat es denn gekauft?"

„Niemand. Soviel ich weiß, hatte Mrs. Barker Verwandte in Dublin, die ziehen wohl jetzt hier ein." Tara liebte es, den Dorfklatsch zu verbreiten.

Mrs. Barker hatte ihr Haus kaum verlassen. Obwohl wir Nachbarn gewesen waren, kannte ich sie eigentlich nur, weil mein Ex-Freund Liam gelegentlich Besorgungen für die alte Dame gemacht hatte. Einige Male hatte ich ihn dabei begleitet.

Wenig später erreichten wir mein Zuhause und sprangen von den Pferden. Ich riss mir die Reitkappe herunter und genoss die kühle Brise an meinem Kopf.

Rasch banden wir unsere Pferde an der Stallmauer fest und sattelten sie ab. Tara holte den Gartenschlauch, mit dem wir unsere erhitzten Vierbeiner abspritzen wollten.

Grace stand vorbildlich und ließ genüsslich die Unterlippe hängen, während Roxy natürlich wieder ein Theater machte.

Ich seufzte. „Das tut dir doch nur gut, mein Mädchen, alle wollen das", säuselte ich und versuchte, mit dem Wasserstrahl die Beine meiner Stute zu erwischen.

Tara grinste schelmisch. „Alle?", fragte sie noch, riss den Schlauch an sich und begann mich abzuduschen. Ich kreischte und schon befanden wir uns mitten in einer lustigen Wasserschlacht. Als ich mich dabei wild im Kreis drehte und versuchte dem Wasserstrahl auszuweichen, bemerkte ich zwei Jungs, die uns belustigt beobachteten.

Erschrocken hielt ich inne. Tara wirbelte herum.

„Ähm, hallo", begrüßte der jüngere uns zögernd.

„Hi!", riefen Tara und ich im Chor und sahen uns verlegen an. Roxy begann vergnügt in der entstandenen Pfütze zu scharren. Eigentlich hatte sie mit Wasser keinerlei Probleme, solange es nicht aus einem Schlauch kam.

„Tut uns leid, dass wir hier einfach so auftauchen. Wir sind auf der Suche nach einem Einstellplatz für unsere beiden Pferde und haben gesehen, dass ihr hier einen Stall habt ..." Die Stimme des älteren verlor sich. Er schien sich keineswegs sicher zu sein, ob er sein Pferd wirklich in die Obhut zweier alberner Mädchen geben wollte.

Tara lief kurz in den Stall und drehte das Wasser ab. Typisch, dass sie mich hier draußen alleine ließ. Ich kam mir ziemlich dämlich vor in meinen klatschnassen Reithosen und einem weißen T-Shirt, das in diesem Zustand so gut wie durchsichtig war. Mein BH zeichnete sich nur allzu deutlich darunter ab und sicher boten auch meine Haare einen recht unvorteilhaften Anblick.

Die Jungs hatten beide dichtes, schwarzes Haar, dunkle Augen und eine sportliche Figur. Bestimmt waren sie Brüder. Während der jüngere übers ganze Gesicht grinste, blickte der ältere etwas mürrisch drein.

Als Tara zurückkam, übernahm sie zu meiner Erleichterung die Unterhaltung. „Ich bin übrigens Tara Sullivan und das ist Caitlin Dunne. Ihren Eltern gehört das alles hier." Sie machte eine ausladende Armbewegung.

Der jüngere meldete sich wieder zu Wort und mir fiel auf, dass seine Augen beinahe unentwegt auf Tara ruhten. Das konnte ich ihm nicht verübeln. Sogar nass und schmutzig sah sie mit ihrer schlanken Figur und dem herzförmigen Gesicht absolut zauberhaft aus.

„Entschuldigung, wie unhöflich von uns! Mein Name ist Kyle Barker und das ist mein Bruder Stephen."

„Barker? Seid ihr die neuen Bewohner von Londerry Hall?" Kurz suchte ich nach einer Ähnlichkeit zwischen den beiden Jungs und der alten Dame, konnte jedoch keine finden.

„Ja, das sind wir", erwiderte Stephen knapp. Er sah immer noch etwas finster drein.

„Wir hätten tatsächlich zwei Boxen frei", überlegte ich laut. Insgeheim malte ich mir bereits aus, wie es wäre, Kyle und Stephen jeden Tag zu sehen.

„Aber das sollten wir mit meinen Eltern besprechen, sie sind leider im Moment nicht da."

„Kein Problem, dann kommen wir später wieder", sagte Stephen und war im Begriff wieder auf sein Rad zu steigen.

„Sie kommen sicher bald zurück! Ihr könnt doch solange hier warten", schlug Tara eifrig vor. Offenbar wollte sie diese beiden Traummänner nicht so schnell wieder gehen lassen.

„Gerne!", rief Kyle und ignorierte das verärgerte Zischen seines Bruders.

Tara und ich grinsten und brachten Grace und Roxy auf die Weide. Die Schimmelstute begann sofort zu grasen, Roxy dagegen wälzte sich ausgiebig.

Zum ersten Mal sah ich Stephen lächeln. „Das sind hübsche Pferde", bemerkte er an den Zaun gelehnt. „Englische Vollblüter, oder?"

Ich nickte. „Ja, sie heißen Grace und Roxy, beide sind sechs Jahre alt. Wollt ihr den Stall kurz ansehen?"

Natürlich wollten sie. Die Boxen unserer Stuten waren bereits ordentlich gemistet und machten einen gepflegten Eindruck. Die beiden unbelegten Boxen links von der Stalltür waren sauber gefegt, in ihnen befanden sich nur einige Futterkisten, die wir mithilfe der Jungs in die geräumige Sattelkammer schleppten.

„Hier haben sicher noch zwei Schränke für euch Platz", stellte Tara zufrieden fest.

„Das sieht alles sehr gut aus!" Stephen lächelte und Kyle grinste zustimmend.

„Wenn meine Eltern einverstanden sind, bereiten wir die Boxen für euch vor. Dann könnt ihr eure Pferde bringen, wann ihr wollt", versprach ich.

Wir gingen zum Haus und während die anderen sich auf der Terrasse niederließen, holte ich Saft und frisch gebackene Scones.

Nachdem ich mich zu ihnen gesellt hatte, fragte Tara die beiden nach ihren Pferden.

Kyles Augen begannen zu leuchten. „Mein Wallach ist ein irischer Hunter, elf Jahre alt. Ein Rappe, sein Name ist Black Magic."

Er warf seinem Bruder einen fragenden Blick zu, um herauszufinden, ob er selbst von seinem Pferd erzählen wollte, aber Stephen starrte nur in sein Glas.

„Whisper, Stephens Pferd, ist eine vierjährige Vollblutstute. Ein Apfelschimmel, sehr talentiert."

„Und wo sind sie jetzt?", wollte Tara wissen.

Kyle grinste unsicher. „Das ist ja das Problem. Wir sind seit einer Woche hier, Magic und Whisper haben wir im Reitstall der Callaghans untergestellt, aber da sind durch den Reitschulbetrieb so viele Menschen."

„Und die Tochter des Besitzers ist ziemlich anstrengend. Wir suchen etwas Ruhigeres", fügte Stephen hinzu und blickte endlich auf.

Die beiden stiegen sofort noch weiter auf meiner

Sympathie-Skala. Sie kannten Fiona also bereits und waren offenbar nicht ihrem zugegebenermaßen hübschen Lächeln verfallen.

Tara und ich nickten verständnisvoll.

„Aber sie hat ein klasse Pferd", schwärmte Stephen.

„Ja, Lady ist ganz nett", pflichtete ich ihm bei und dachte an ihre langbeinige Fuchsstute.

Er winkte ab. „Die Stute ist in Ordnung. Aber ihr Wallach, Nightstar, ist wirklich etwas Besonderes."

Ich seufzte. Fionas Eltern hatten ihr schon häufig ein zweites Pferd, zusätzlich zu Lady, gekauft. Wenn sie damit nicht die gewünschten Erfolge erzielte, wurde es in der Regel sofort wieder abgegeben. Warum sie heute beim Training wohl nicht ihr neues Pferd geritten hatte?

Meine Eltern kamen kurz darauf nach Hause. Sie fanden die Jungs sehr sympathisch und die Idee, durch die Boxenmiete eine zusätzliche Einnahmequelle zu erhalten, gefiel ihnen. Vielleicht hatten sie auch die glänzenden Augen von Tara und mir bemerkt und wollten uns Mädchen einen Gefallen tun. Jedenfalls war es nach einem kurzen Telefongespräch mit Patricia Barker, der Mutter von Kyle und Stephen, beschlossene Sache: Schon am nächsten Tag würden die Barker Brüder ihre Pferde zu uns bringen. Nachdem sie sich noch einmal bedankt hatten, verließen sie auf ihren

Fahrrädern den Hof. Tara und ich waren hellauf begeistert.

„Wahnsinn, die sehen wir bald jeden Tag", rief Tara ungläubig.

Ich grinste breit. Mit fast trockenen Klamotten liefen wir in den Stall, um ihn für die Ankunft der beiden neuen Pferde vorzubereiten. Unsere Vorfreude auf den Sommer wuchs damit noch mehr.

Kapitel 2

Londerry Hall

Das Mädchen blickte traurig auf das Bild, das sie mit ihrem
großen, schwarzen Pferd zeigte. Ihre Augen füllten sich mit
Tränen der Verzweiflung. Wie hatte es nur so weit kommen
können?

Am nächsten Morgen hüpfte ich rasch aus dem Bett,
schlüpfte in meine Stallklamotten und lief nach draußen. Am Himmel zeigten sich bereits rosa Streifen und
kündigten den baldigen Sonnenaufgang an. Auf dem
Weg zum Stall atmete ich die frische, kühle Morgenluft
ein. Was gab es Schöneres?

Nach dem Füttern brachte ich die Stuten auf die
Koppel. Da ich heute nicht – wie üblich – mehrere
Male die Schlummertaste gedrückt hatte, mistete ich
gleich die Boxen aus.

Irgendwie brauchte ich länger als gedacht und als
ich auf die Uhr über der Sattelkammer blickte, er-
schrak ich. Verdammt, jetzt musste ich mich wirklich
beeilen! Ich sprintete zum Haus, duschte in Rekordzeit
und schaffte es tatsächlich gerade noch zum Bus.

„Verschlafen?" Tara grinste, als ich mich auf den freien Platz neben ihr fallen ließ.

Ich schüttelte den Kopf. „Nein, ich habe schon die Stallarbeit erledigt", keuchte ich und biss dann herzhaft in meinen mitgebrachten Apfel.

Meine Freundin strahlte. „Du bist die Beste! Ich nehme an, dass du bei all dem Stress keine Zeit mehr für die Mathehausaufgaben hattest, oder?" Ohne meine Antwort abzuwarten, holte sie ein Heft aus ihrer Tasche und schlug die richtige Seite auf.

Immer noch kauend bedankte ich mich und machte mich daran, Taras fast immer richtige Lösungen in mein Heft zu übertragen.

Taras Familie besaß ein gewisses Talent für Naturwissenschaften. Die Zwillinge studierten beide Mathematik in Dublin und auch Tara bereiteten die schwierigen Aufgaben keine Probleme. Sie wollte wie ihre Brüder etwas mit Mathematik studieren und danach als Lehrerin arbeiten. Obwohl wir letztes Jahr unser Orientierungsjahr gehabt hatten, wusste ich noch nicht so recht, was ich nach der Schule machen sollte.

In der Schule gingen Tara und ich wie üblich als Erstes zum Kaffeeautomaten. Dort standen bereits Fiona, Brianna, Kirsty und Kelly. Letztere interessierte sich kaum für Pferde und hatte die Brüder offenbar noch nicht kennengelernt.

„Sie sehen wahnsinnig gut aus, sind tolle Reiter und ihre Pferde sind auch unglaublich, besonders Kyles Black Magic", schwärmte Fiona gerade der interessiert lauschenden Kelly vor. „Kyle ist supersüß, Stephen eigentlich auch, aber er ist immer so schrecklich ernst", fuhr sie fort.

„Sie kommen heute das erste Mal in die Schule. Warte, bis du sie siehst!", konnten wir nun auch Kirsty vernehmen. „Mir persönlich wäre Stephen allerdings lieber, er ist ein wenig geheimnisvoller."

Offenbar hatten wir einen ähnlichen Männergeschmack. Kirsty war mir von Fionas Freundinnen am liebsten, sie war die natürlichste von ihnen, groß, mit langen, glatten, braunen Haaren. Manchmal machte sie einen etwas verträumten Eindruck, das änderte sich jedoch schlagartig, wenn sie auf ihrem riesigen Schimmelwallach Tatum unterwegs war.

Brianna schob sich eine ihrer mühsam geglätteten, roten Haarsträhnen aus dem Gesicht. Sie war nicht im Mindesten an den Barker Jungs interessiert, schließlich hatte sie schon lange ein Auge auf Samuel Callaghan, Taras Ex-Freund, geworfen. „Von mir aus könnt ihr die beiden haben. Fiona, ich bin ja so froh, dass dein Bruder nicht mehr mit Tara zusammen ist. Die beiden passten ja überhaupt nicht zusammen!"

„Gut, das nächste Mal werde ich dich um Rat bitten, bevor ich mir einen Freund suche!", zischte Tara.

Die Mädchen drehten sich erschrocken um.

„Viel Glück mit Samuel, er ist wirklich nett!" Tara lächelte etwas süffisant, während Brianna an ihrem Kaffee nippte.

„Was dauert denn hier so lange?" Fiona trat ungeduldig mit ihrem Fuß gegen den Kaffeeautomaten. Dies brachte ihr aber nichts weiter als den leicht säuerlichen Blick eines vorbeigehenden, jungen Lehrers.

„Malt er die Bohnen nicht schnell genug, Fiona?", fragte er mit hochgezogenen Augenbrauen.

Das blonde Mädchen lächelte ihn nur unschuldig an. „Mr. Walsh ist auch ziemlich süß!", bemerkte sie leise.

„Er ist dein Lehrer, verheiratet und wird bald Vater", zählte Brianna sofort einige Gegenargumente auf.

„Von mir aus", Fiona zuckte die Schultern. „Zurück zum Thema: Sicherlich werden Kyle und ich noch viel Zeit gemeinsam verbringen und oft zusammen reiten, schließlich könnten unsere Pferde beinahe Brüder sein."

Tara warf mir einen vielsagenden Blick zu. Ich grinste in mich hinein und dachte, dass Fiona und Kyle sicher nicht so bald gemeinsam reiten gehen würden.

In dem Moment betraten Kyle und Stephen das Gebäude. In ihren Schuluniformen sahen die beiden unheimlich gut aus. Sie begrüßten uns mit einem Lächeln und erkundigten sich nach dem Weg zum Sekretariat. Fiona, die ihren Kaffee inzwischen erhalten hatte, begleitete die beiden nur zu gerne dorthin.

Der Vormittag ging schnell vorüber und in der Mittagspause fanden wir zusammen mit den Brüdern einen Tisch, an dem wir in Ruhe die Einzelheiten für die Ankunft ihrer Pferde besprechen konnten. Stephen ging bereits in den Abschlussjahrgang, Kyle war wie wir eine Jahrgangsstufe darunter und hatte einige Kurse mit uns. Fiona und die anderen warfen uns vom Nachbartisch aus vernichtende Blicke zu.

Als die Schule vorbei war, fuhr Tara direkt mit zu mir. Wir aßen Sandwiches und machten nebenbei unsere Hausaufgaben. Gerade als wir fertig waren, rumpelte ein schwarzer Jeep mit silbernem Anhänger unsere Auffahrt herauf. Stephen und Kyle sprangen aus dem Auto und wirkten genauso fröhlich, wie Tara und ich uns fühlten. Die Jungs kletterten durch die Vordertür in den Transporter, wir Mädchen ließen die Rampe herunter.

Als Erstes brachte Kyle seinen großen Rappen heraus. Black Magic ging langsam zurück, schnaubte und sah sich interessiert um. Uns stockte der Atem. Dieses Pferd schien der Inbegriff von Stärke und Schönheit zu sein. Tara hielt ihn fest, während Kyle ihm Transportgamaschen und Decke abnahm.

Jetzt kam auch Whisper über die Rampe herunter. Die zierliche, graue Stute war sehr hübsch, Mähne und Schweif waren komplett schwarz und ihr Kopf hatte eine edle Form.

„Bringt sie ein wenig auf die kleine Koppel, dann können sie sich über den Zaun hinweg schon mit Roxy und Grace vertraut machen", schlug ich vor.

Tara ging voran und öffnete das Gatter. Unsere Stuten hoben die Köpfe und betrachteten die Neuankömmlinge interessiert. Als die Brüder ihre Pferde losließen, trabte Magic sofort zum Zaun. Der imposante Rappe mit einem unregelmäßigen Stern auf der Stirn beschnupperte Roxy und Grace freundlich. Dann kam auch Whisper vorsichtig näher. Plötzlich, wie auf ein geheimes Zeichen hin, galoppierten alle vier den Zaun entlang.

Als die Pferde sich beruhigt hatten und zu grasen begannen, brachten wir gemeinsam die Ausrüstung der Brüder in die Sattelkammer. Anschließend setzten wir uns auf die Veranda, tranken Saft und sahen unseren wunderschönen Vierbeinern zu.

Kyle und Stephen berichten ausführlich von ihrer Abreise aus dem Reitstall.

„Fiona wären fast die Augen aus dem Kopf gefallen, als sie erfahren hat, dass wir die Pferde zu euch bringen. Mögt ihr euch vielleicht nicht besonders?", fragte Kyle scherzhaft.

Tara und ich lachten.

„Wir haben zwar bei Fionas Mutter reiten gelernt, aber die reine Freude war das dort nie", gab ich zu.

„Schließlich waren wir nur Reitschulmädchen, während die Prinzessin seit ihrem fünften Geburtstag ein eigenes Pony hatte", ergänzte Tara.

„Ihr Bruder scheint aber ganz in Ordnung zu sein", bemerkte Stephen. „Wir haben die meisten Kurse zusammen!"

Tara nickte. „Ja, Samuel ist sehr nett!"

„Tara fand ihn früher sogar mehr als nur nett!", warf ich grinsend ein.

„Ach so ist das!" Kyle lachte.

„Samuel und ich waren einige Monate zusammen. Das hat Fiona natürlich überhaupt nicht gepasst. So richtig gut lief es dann auch nicht zwischen uns, aber er ist wirklich ein anständiger Kerl! Jetzt möchte sich Brianna an ihn ran machen", erzählte meine Freundin.

„Was für ein Glückspilz, wenn die rothaarigen, hübschen Mädchen so auf ihn stehen!", meinte Kyle mit einem anzüglichen Grinsen.

Tara lachte schallend.

Auch Stephen schüttelte lächelnd den Kopf und meine Knie wurden weich, als er dabei tief in meine Augen sah. Dann wurde sein Gesichtsausdruck sofort wieder unbeteiligt und distanziert. „Es dämmert schon, wir sollten die Pferde reinbringen und dann nach Hause gehen. Ihr habt sicher noch etwas zu erledigen", sagte er etwas steif und erhob sich.

Unsicher blickte ich zu Tara hinüber. Das Einzige, was wir uns heute noch vorgenommen hatten, war zusammen einen Pferdefilm im Fernsehen anzusehen.

„Ja stimmt, wir wollten einen Film ansehen", meinte Tara und stand auch auf.

„Welchen denn?", fragte Kyle auf dem Weg zur Koppel.

„Secretariat", antwortete Tara. „Haben wir zwar schon oft gesehen, aber er geht immer wieder!"

„Hey, den wollten wir auch sehen! Ihr könntet doch nachher zu uns rüberkommen. Mum würde sich sicher freuen, euch kennenzulernen! Außerdem hat sie vorhin irgendetwas gut Duftendes auf den Herd gestellt. Was meinst du, Stephen?" Kyle sah zu seinem Bruder hinüber. Der reichte mir gerade Roxys Halfter.

Einen kleinen Moment lang glaubte ich, er würde Nein sagen, doch dann lächelte er.

„Sicher. Könntet ihr gegen sieben bei uns sein?"

Tara und ich bejahten und versuchten, unsere Begeisterung im Zaum zu halten. Nachdem wir die Pferde in den Stall gebracht hatten, verabschiedeten sich die Brüder und wir Mädchen liefen ins Haus. Es kam sehr oft vor, dass Tara bei mir duschte und übernachtete, sie hatte immer einige saubere Klamotten in meinem Schrank.

Frisch geduscht und umgezogen, kämmten wir uns die Haare und redeten ununterbrochen.

„Kyle ist so süß! Und witzig!" Tara zupfte am Saum ihres Tops und blitzte mich aus ihren grünen Augen an.

Ich musste ihr zustimmen. Kyle sah gut aus und mit seiner lockeren, lustigen Art fiel es einem nicht schwer, ihn zu mögen. Mir persönlich gefiel der ruhigere, deutlich erwachsener wirkende Stephen jedoch besser.

„Wenigstens kommen wir uns nicht in die Quere, so wie du Stephen anhimmelst." Meine Freundin lachte.

„War das so offensichtlich?"

„Für mich schon!"

„Verdammt! Aber wir haben sowieso keine Chancen, oder? Sie sehen unverschämt gut aus! Sicher haben sie in Dublin beide eine hübsche Freundin und wir sind nur zwei Mädchen, bei denen sie praktischerweise ihre Pferde unterstellen können", vermutete ich.

„Aber jetzt sind sie nicht mehr in Dublin, sondern hier bei uns", stellte Tara hoffnungsvoll fest. „Ein bisschen werden sie uns schon mögen, schließlich haben sie ihre Pferde vom Reitstall weggeholt und uns heute zu sich eingeladen", fuhr sie fort.

„Vielleicht hast du recht. Aber wir kennen sie erst zwei Tage, da können wir doch noch gar nicht wissen, ob sie tatsächlich so perfekt sind", gab ich, wie immer realistisch, zu bedenken.

Tara zuckte die Schultern. „Doch, sie sind perfekt! Auf jeden Fall passen sie besser zu uns als Liam und Samuel."

„Stimmt. Liam war immer eifersüchtig auf die Zeit, die ich mit Roxy verbrachte."

„Das würde bei Stephen bestimmt nicht passieren", vermutete Tara.

„Nein. Und deshalb sollten wir die beiden unbedingt besser kennenlernen!"

Ich zwinkerte Tara zu und fröhlich kichernd polterten wir die Treppen nach unten. Mein Vater saß am Küchentisch und las Zeitung, meine Mutter blätterte in einer Gartenzeitschrift.

„Wo wollt ihr denn hin?", fragte sie misstrauisch, als sie uns erblickte.

Wir hatten uns nicht besonders schick gemacht, doch wir sahen trotzdem nicht so aus, als wollten wir nur den Pferden eine gute Nacht wünschen.

„Die Barkers haben uns zu sich eingeladen", erwiderte ich.

Mama hob eine Augenbraue. „Habt ihr nicht noch Schularbeiten zu machen?"

„Die Hausaufgaben haben wir gleich nach der Schule zusammen erledigt", beruhigte Tara meine Mutter.

Damit war sie beschwichtigt. Wenn Tara etwas sagte, glaubte sie ihr immer mehr als mir, ihrer eigenen Tochter. Das fand ich zwar ein wenig merkwürdig, vor allem weil ich eigentlich als die Vernünftigere von uns galt. Heute ärgerte ich mich jedoch nicht darüber.

„Na dann viel Spaß Mädchen! Das scheinen wirklich nette Jungs zu sein! Aber zieht Mäntel an, es regnet!"

„Echt? Vorhin war es doch so schön", rief Tara verwundert, griff aber brav nach dem Mantel, den ich ihr reichte.

„Wir leben nun mal auf Irland Tara, da wechselt das Wetter ständig", erinnerte Mama sie.

Ich war froh, als wir endlich unsere Auffahrt hinunterliefen, trotz des starken Regens. Natürlich hätten wir auch zwischen den Koppeln hindurch und den mit Gras bewachsenen Hügel hinauf nach Londerry Hall gehen können. Für unseren ersten Besuch hielten wir es jedoch für angebracht, offiziell die Straße und die Einfahrt der Barkers zu nehmen.

Als wir klingelten, öffnete uns eine große Frau mit dunkelbraunen Haaren, die ordentlich zu einem Knoten im Nacken zusammengesteckt waren. Sie trug schwarze Strumpfhosen, einen gleichfarbigen Rock und eine weiße Bluse. Ihre Füße allerdings steckten in abgewetzten Filzpantoffeln. Ich war noch dabei, dieses

Bild zu verarbeiten, als sie uns schon freundlich die Hand entgegenstreckte.

„Hallo, ich bin Patricia Barker, bitte nennt mich Patricia. Willkommen auf Londerry Hall!"

Stephen kam die Treppe herunter, er sah umwerfend aus in Shorts und T-Shirt, mit noch feuchten Haaren.

„Kommt mit in die Küche, wollt ihr etwas trinken? Ich habe gerade Eintopf gemacht! Stephen, bring bitte Teller. Kyle, du holst die Getränke!"

Die Jungs gehorchten ihrer Mutter.

Nachdem wir gegessen hatten, gingen wir mit den Brüdern hinauf in den zweiten Stock. Mir fiel auf, dass überall in dem Haus Gemälde hingen, alte wunderschöne Landschaftsbilder, Porträts und zu meiner großen Freude auch Pferdebilder.

„Großmutter war eine echte Kunstliebhaberin", erklärte Stephen, der meinem Blick gefolgt war. Kyle führte uns in sein geräumiges Zimmer. Es war hell und modern eingerichtet, mit vielen Fotos von Magic. Außerdem besaß er eine große Couch, auf der wir problemlos zu viert Platz fanden und einen riesigen Flachbildfernseher.

„Wow", machte Tara. Ich war ebenfalls beeindruckt, aber auch etwas enttäuscht. Es hätte mich sehr interessiert, wie Stephens Zimmer wohl aussah, doch ich hatte den Verdacht, dass er sehr viel Wert auf seine

Privatsphäre legte. Stephen ließ sich lässig auf ein Ende der großen Couch fallen und ich beeilte mich, schnell neben ihm Platz zunehmen. Tara gesellte sich zu mir und nachdem Kyle den Fernseher in Gang gebracht hatte, setzte er sich neben Tara.

Der Film über das berühmte Rennpferd war uns allen bekannt und bereits nach der ersten Werbepause hatte Kyle seinen Arm um Tara gelegt. Er schien ja keine Zeit zu verlieren. Meine Freundin sah darüber nicht unglücklich aus. Hoffnungsvoll schielte ich zu Stephen hinüber, doch der schaute konzentriert auf den Bildschirm. Und daran änderte sich nichts, bis zum Ende des Films. Wir saßen ein wenig unschlüssig herum, da begann im Fernsehen schon der nächste, ein Horrorfilm.

„Der soll ganz gut sein", meinte Kyle zögernd. „Wollt ihr nicht noch bleiben?" Er sah uns an und ich spürte, dass er genauso wenig Lust hatte, Tara gehen zu lassen, wie ich, meinen Platz neben Stephen aufzugeben.

„Erlauben das eure Eltern?", vergewisserte sich Stephen.

Ich ärgerte mich über die Frage, aber ganz unberechtigt war sie nicht. Also rief ich kurz zu Hause an und bekam glücklicherweise meinen unkomplizierten Vater ans Telefon. Nach einiger Überredung gelang es mir, ihn zu überzeugen, dass wir noch einen Film sehen durften. Tara schrieb ihren Eltern eine Nachricht.

Stephen holte Popcorn aus der Küche und legte dann wie selbstverständlich den Arm um mich. Sein Kopf war jetzt nur wenige Zentimeter von meinem entfernt und ich nahm deutlich den Geruch seines Aftershaves wahr. In meinem ganzen Körper kribbelte es wie verrückt und ich konnte an nichts anderes denken, als an Stephen und wie nahe wir uns waren. Viel zu schnell war auch dieser Film vorbei und ich hatte keine Ahnung mehr, wovon er gehandelt hatte.

Mit einem Blick auf die Uhr stellten wir fest, dass es bereits Mitternacht war. Die Barkers begleiteten uns bis zur Haustür. Wir bedankten uns für den schönen Abend und dann ging jede zu sich nach Hause. Jetzt joggte ich direkt den Hügel hinab. Als ich fast unten war, drehte ich mich noch einmal um, sodass ich Londerry Hall in seiner ganzen Pracht sehen konnte. Die Regenwolken hatten sich größtenteils verzogen und gaben den Mond frei, der Londerry Hall schwach beleuchtete. Groß und majestätisch stand es da.

Plötzlich sah ich auch noch etwas anderes. Ein schwarzes Pferd galoppierte aus dem Wald heraus, den Hügel hinauf und verschwand hinter dem Haus aus meinem Sichtfeld. Auf ihm saß ein Reiter mit einem dunklen Kapuzenumhang. Fetzen des Horrorfilms tauchten vor meinem inneren Auge auf. An einem anderen Tag hätte ich mich vielleicht darüber gewundert, wer mitten in der Nacht einen Ausritt in einem Umhang machte, doch jetzt war ich fest davon überzeugt, ein Gespenst zu sehen. Die schwarze Reiterin! Ich unterdrückte einen Schrei und rannte zu unserem Haus.

In meinem Zimmer streifte ich zitternd meine Klamotten ab und zog die Bettdecke bis ans Kinn. Das konnte ich doch eben nicht wirklich gesehen haben, oder? Möglicherweise hatte ich nur etwas in den Schatten des Mondes hineininterpretiert, weil ich gerade einen gruseligen Film gesehen hatte? Krampfhaft redete ich mir ein, dass ich mir das große, schwarze Pferd und die Kapuzengestalt nur eingebildet hatte. Doch tief in mir wusste ich, dass dem nicht so war und kein Gedanke, noch nicht einmal an Stephens schöne Augen, konnte mich davon ablenken.

Jedes Kind in unserer Gegend hatte schon einmal von der Sage um die unheilbringende, schwarze Reiterin gehört. Allerdings erinnerte ich mich kaum noch daran, worum es in der Geschichte ging. Nur dass es sich um ein Mädchen handelte, welches ein schwarzes Pferd besessen hatte und tragisch ums Leben gekommen war. Und dieses Mädchen hatte auf Londerry Hall gelebt, dessen war ich mir ganz sicher.

Kapitel 3

Ausritt zum Strand

Der Wind ließ das Mädchen frösteln. Obwohl sie ihren schwarzen Umhang trug, erschien ihr die Nacht seltsam kalt.
Das große Pferd bewegte sich mit rhythmischen Bewegungen unter ihr. Mit keinem anderen Pferd hätte sie sich getraut, in der Dunkelheit so schnell zu reiten, doch dieses Pferd und sie verstanden sich blind. Schon als sie es zum ersten Mal gesehen hatte, wusste sie, dass sie füreinander bestimmt waren.
Trotz der Geschwindigkeit warf sie einen Blick über die Schulter zurück. Hatte sie jemand gesehen?

Am nächsten Tag in der Schule war ich müde und unkonzentriert. Tara nicht. Sie steckte lange Nächte meist super weg. Ein paar Mal war ich drauf und dran ihr von meinem gespenstischen Erlebnis zu erzählen, doch ich ließ es bleiben. In dem hellen, lärmenden Klassenzimmer kam es mir auch selbst ziemlich absurd vor.

Wir hatten mit den Brüdern vereinbart einen schönen, langen Ausritt zu machen und wollten ihnen einige Reitwege zeigen. Besonders neugierig schienen sie auf die Geländestrecke der Callaghans zu sein.

Als wir Mädchen nach der Schule unsere Pferde striegelten, plauderten wir fröhlich über den gestrigen Abend und wie schön es gewesen war, unseren Traummännern so nahe zu sein. Wir kicherten gerade wieder ausgelassen, als Kyle und Stephen kamen.

„Ihr seid immer gut drauf, das muss man euch lassen", sagte Stephen.

Die Jungs brauchten nicht lange, um ihre Pferde zu satteln, und bald darauf ritten wir auf den schattigen Wald zu, der an unser Grundstück angrenzte und ziemlich weitläufig war. Man konnte lange auf wunderschönen Wegen reiten, ohne eine größere Straße überqueren zu müssen. Nach ungefähr zwei Stunden Ritt erreichte man ein Steilufer mit kleinen, aber sehr schönen Klippen und einem meist menschenleeren Strandabschnitt.

Heute war unser erstes Ziel jedoch die Geländestrecke. Roxy und Whisper gingen brav nebeneinander. Stephens junge Stute blickte wach umher, schien ihm jedoch vollkommen zu vertrauen und machte durch ihr Ohrenspiel deutlich, dass ihre Aufmerksamkeit hauptsächlich ihm galt.

„Wie lange hast du sie schon?", fragte ich.

„Erst seit dem letzten Jahr, aber ich bin sehr zufrieden mit ihr! Sie ist beim Springen noch vorsichtig, im Dressurviereck macht sie aber schon eine sehr gute Figur!", schwärmte Stephen.

„Hattest du vorher schon ein Pferd?", wollte ich wissen.

Kyle hatte erzählt, dass er Magic bereits seit fünf Jahren besaß und ich wunderte mich, dass Stephen erst letztes Jahr ein Pferd gekauft hatte. Seine Miene verdüsterte sich augenblicklich.

„Ja. Es musste leider eingeschläfert werden."

Da Stephen nicht mehr sagte, sondern wieder seinen verschlossenen Gesichtsausdruck zeigte, fragte ich nicht weiter.

„Da vorn ist es!" Tara deutete auf ein Hindernis aus Birkenstämmen, das den Anfang der Geländestrecke markierte.

„Und wir sind nicht alleine", stellte ich fest. Fiona saß auf einem großen Rappen, der Magic zum Verwechseln ähnlich sah, und hatte offenbar große Mühe, überhaupt im Sattel zu bleiben. Neben ihr saß Samuel auf seiner Fuchsstute Daisy. Daisy war ein Hunter, mit Stehmähne und einer kleinen Flocke auf der Stirn. Ein sehr zuverlässiges Pferd und wie immer die Ruhe selbst.

Samuel winkte erfreut, als er uns sah. Fiona dagegen sah alles andere als begeistert aus. Der Rappe nutzte den Augenblick der Unachtsamkeit seiner Reiterin und machte einen beeindruckenden Satz in die Luft. Ich konnte nicht anders, als Fiona für ihre reiterlichen Fähigkeiten zu bewundern. Dass ich dabei im Sattel geblieben wäre, wagte ich zu bezweifeln.

„Das reicht für heute, die Strecke ist frei für euch. Komm, Samuel!", rief Fiona und wendete ihr Pferd.

Tara zog eine Augenbraue hoch und warf den Brüdern einen fragenden Blick zu. „Das ist also ihr neues Pferd? Benimmt der sich immer so?"

Stephen nickte. „Ja, ich denke schon. Ein wirklich schönes Tier, aber offenbar haben die beiden ihre Differenzen."

„Dann wird sie ihn nicht lange haben", prophezeite ich.

Kurze Zeit später waren Fiona und ihr schwarzer Wallach vergessen und wir genossen die Strecke mit all ihren Hindernissen in vollen Zügen. Kyle und Stephen erwiesen sich als wirklich gute Reiter. Magic war ein echter Profi und Whisper machte ihre Sache sehr gut und übersprang viele Hindernisse ohne Probleme. Die Jungs dachten wohl das Gleiche über uns.

„Hey, ihr seid wirklich gut!" Kyle warf besonders Tara einen bewundernden Blick zu.

„Wir trainieren für das Herbstturnier", erwiderte ich.

Sofort waren vier Augen auf mich gerichtet und ich

erzählte ihnen von unseren Ambitionen, dort Fiona zu besiegen.

„Mit euch beiden könnten wir sogar in der Team-wertung starten!", rief Tara mit leuchtenden Augen.

„Ich bin nicht sicher, ob Whisper schon so weit ist", wandte Stephen vorsichtig ein.

Das war ich mir auch nicht, aber etwas gemeinsames Training konnte nicht schaden. Die Brüder sahen das genauso, wir beschlossen es jedoch für heute gut sein zu lassen und die Pferde am nahe gelegenen Waldsee etwas abzukühlen.

„Warum wart ihr eigentlich so lange nicht hier? Ich meine, warum habt ihr eure Großmutter so lange nicht auf Londerry Hall besucht?", fragte ich als ich wieder neben Stephen ritt.

Er seufzte. „Wir hatten kein gutes Verhältnis zu unserer Großmutter. Sie liebte ihre Kunstsammlung vielleicht mehr als andere Menschen. Als Mama so früh mit mir schwanger wurde, brannte sie mit meinem Vater nach Dublin durch. Großmutter war sehr wütend darüber und brach den Kontakt zu ihr ab. Wenig später war Mum schwanger mit Kyle. Sie und Dad haben nie geheiratet und noch bevor Kyle geboren wurde, verließ Vater uns wegen einer anderen.

Kurz vor ihrem Tod hat Großmutter Kontakt zu uns Jungs aufgenommen und uns dann Londerry Hall vererbt. Mutter hat sie vom Testament ausgeschlossen, sie verwaltet nur Kyles Anteil, bis er volljährig ist. Aber sie wollte trotzdem gerne zurück in das Haus ihrer Kindheit. Und obwohl Großmutter anscheinend immer noch wütend auf Mum war, wollte sie offenbar trotzdem, dass das Anwesen in Familienbesitz bleibt."

„Oh." Ich wusste nicht so recht, was ich darauf sagen sollte. „Auf jeden Fall ist es schön, dass ihr hier seid", murmelte ich etwas hilflos und lächelte schüchtern zu ihm hinüber.

Stephen erwiderte mein Lächeln. „Ich bin auch froh, hier zu sein und euch kennengelernt zu haben."

„War es nicht schwierig, aus Dublin wegzugehen? Du bist volljährig und kurz vor deinem Abschluss, du hättest theoretisch auch bleiben können."

Er zuckte die Schultern. „Ich war ehrlich gesagt ganz froh, die Stadt verlassen zu können. Dort hielt mich nicht mehr viel. Die Prüfungen kann ich hier genauso schreiben und das Leben im Süden der Insel hat mich auch interessiert. Außerdem hätte ich Kyle und Mum viel zu sehr vermisst."

„Wollen wir traben?", rief Tara von vorn.

Wir trieben unsere Pferde in eine schnellere Gangart. Innerlich jubelte ich. Wenn ihn nicht viel in Dublin gehalten hatte, wartete dort wohl keine feste Freundin.

Ich genoss die warme Luft um mich herum, Roxy trabte schwungvoll mit mir dahin. Die Sonne, die durch das Blätterdach schien, malte kleine, helle Flecken auf ihr samtig braunes Fell. Der Waldweg stieg leicht an und wir ließen unsere Pferde an Tempo zulegen. Ich hörte Stephen neben mir auflachen und grinste zu ihm hinüber. Es war der perfekte Augenblick an einem perfekten Tag!

Eine halbe Stunde später kamen wir bei dem kleinen Waldsee an. Es waren selten Menschen hier, auch heute war niemand zu sehen.

„Wow!" Kyle riss die Augen auf.

„Wirklich ein hübscher Platz!", stimmte Stephen seinem Bruder zu. Der See lag malerisch auf einer Lichtung, umgeben von hohem Gras. Der einzige Nachteil waren die vielen Mücken, die uns umschwirrten. Wir ritten mit den Pferden ins flache Wasser. Tara hatte wie immer Mühe, ihre Vollblutstute hineinzutreiben. Roxy dagegen planschte freudig im kühlen Nass und ich alberte mit Kyle herum, während Stephen Tara half, Grace ins Wasser zu lotsen. Irgendwann hatten sie es geschafft und wir blieben am See, bis die Dämmerung einsetzte. Als die Sonne langsam unterging, machten wir uns auf den Rückweg.

In der nächsten Woche unternahmen wir beinahe jeden Tag etwas mit den Brüdern. Kyle und Tara flirteten ganz offensichtlich miteinander und schienen es sehr zu genießen. Als die beiden von einem Ausritt zurückkamen, an dem Stephen und ich nicht teilgenommen hatten, hörte ich sie beim Näherkommen wieder fröhlich lachen. Natürlich gönnte ich Tara die Sache von Herzen, doch ich wünschte, ich wäre ähnlich vertraut mit Stephen.

Kyle versorgte Magic nur kurz und verabschiedete sich. „Ich muss noch etwas für die Schule erledigen. Ciao, Caitlin. Bis morgen, Süße!" Er grinste breit und warf Tara eine Kusshand zu.

„Süße? Läuft da jetzt etwas zwischen euch?", fragte ich neugierig, als Kyle außer Hörweite war.

Tara seufzte und griff nach einem Besen. Anstatt ihn zu benutzen, stützte sie sich jedoch nur darauf und runzelte die Stirn. „Nicht wirklich! Er ist immer so nett und witzig, aber ich kann nie sagen, ob er es ernst meint."

Ja, Kyle war wirklich ein Sonnenschein, er war eigentlich zu allen freundlich und flirtete auch gerne mit anderen Mädchen aus der Schule.

„Wir sind zum See geritten und dort hat er versucht, mich zu küssen", berichtete Tara weiter.

„Wow! Und?"

„Ich habe so getan, als hätte ich nichts bemerkt", gab sie zu. „Ich möchte nicht eine von vielen sein und auch wenn ich gerade wahnsinnig verliebt in ihn bin, will ich trotzdem wissen, ob er mich genauso mag wie ich ihn."

„Hm, ich glaube, das verstehe ich, aber wenn Stephen versucht hätte mich zu küssen, hätte ich das auf jeden Fall zugelassen!"

Tara lachte. „Stephen ist schon reifer, er flirtet nicht mit jeder."

„Stimmt. Stephen flirtet überhaupt nicht."

Am Wochenende wollten wir Kyle und Stephen endlich den Strand zeigen. Das Wetter war genau richtig dafür. Wir trabten und galoppierten im Wald, ich hörte nur das rhythmische Getrommel der Hufe auf dem weichen Waldboden und das Lachen der anderen. Roxys kastanienfarbene Ohren mit ihren schwarzen Spitzen waren aufmerksam nach vorn gerichtet. Als wir aus dem Wald hinaus auf die weiten Feldwege kamen, wurde sie unruhiger. In der Ferne konnte man schon die Klippen und dahinter das blaue Meer erkennen. Wir verlangsamten die Pferde und je näher wir den steilen Abhängen kamen, desto stiller wurden wir.

Oben an den Klippen standen wir einfach nur da und genossen die überwältigende Aussicht. Möwen kreischten und man konnte das Salz förmlich auf den Lippen schmecken. Ich liebte meine irische Heimat. Selbst wenn ich es mir aussuchen könnte, ich würde nirgendwo anders wohnen wollen. Mir kam es immer so vor, als wäre hier das Gras etwas grüner, das Meer etwas blauer, die Luft etwas klarer und die Sonne etwas heller. Irland konnte aber auch rau, windig und düster sein. Diesen Kontrast mochte ich, genauso wie die sprichwörtliche Freundlichkeit der Leute in unserem Land.

„Wow!" Stephen sah zu mir hinüber und war sichtlich beeindruckt.

„Und wie kommen wir da runter?", fragte Kyle und linste über den Abhang.

Tara zeigte auf einen schmalen, recht versteckten Klippenpfad. „Dort! Aber es ist wohl besser, wir steigen ab und führen die Pferde hinunter."

Wir stimmten alle zu, stiegen ab, befestigten die Steigbügel und begannen den Abstieg.

Unten kletterten wir wieder auf die Rücken unserer Pferde. Der Strand lag vollkommen menschenleer vor uns. Hunderte von Metern gab es nichts außer Sand, Wasser und uns. Wir brauchten nichts zu sagen, wenige Sekunden später preschten wir auf dem nassen Sand am Wasser entlang. Die Gischt spritzte an den Beinen unserer Pferde hinauf und bald hatten Tara und ich die Jungs hinter uns gelassen.

Ich lachte zu Tara hinüber und sie zu mir. Obwohl wir schon häufig einen Strandgalopp gemacht hatten, war es immer wieder etwas ganz Besonderes. Wir saßen beide tief über die Hälse unserer Stuten gebeugt und stellten uns vor, wir wären Jockeys auf der Rennbahn. Roxy schob sich an Grace vorbei und ich sah nichts außer ihren Ohren und den Strand vor mir. Es war ein überwältigendes Gefühl, so als ob wir gleich abheben würden. Nachdem wir den ganzen Strand etwas langsamer zurück galoppiert waren, sprangen wir aus den Sätteln.

„Ihr habt uns ja ganz schön abgehängt!", rief Kyle mit kaum überhörbarem Respekt in der Stimme. Wir zogen uns bis auf unsere Badesachen aus und nahmen den Pferden die Sättel ab. Tara hüpfte elegant wieder auf ihre Schimmelstute, während Roxy so herumtänzelte, dass Kyle sie festhalten und Stephen mich hinaufwerfen musste. Danach beobachtete ich, wie er sich mit einer eleganten Bewegung auf Whisper schwang. Noch nie hatte ich ihn mit nacktem Oberkörper gesehen und sah vielleicht etwas länger hin als unbedingt nötig. Stephen bemerkte es und verzog die Mundwinkel zu einem Lächeln. Gemeinsam ritten wir ins Wasser und auch Grace ließ sich nach einiger Zeit überreden mitzukommen.

Wir planschten alle im Wasser, alberten herum, schubsten uns gegenseitig von den Pferden, tauchten und lachten, bis wir keine Luft mehr bekamen. Stephen schien entspannt und locker und ich freute mich, diese Seite von ihm kennenzulernen.

Irgendwann stiegen wir aus den Fluten, trockneten uns ab, setzten uns in den Sand und begannen unsere mitgebrachten Kekse zu essen. Die Pferde bekamen leckere Äpfel und Karotten. Anschließend legten wir uns gemütlich hin und ließen uns die warme Sonne auf den Rücken scheinen.

„Übrigens, wir bekommen bald Besuch", verkündete Stephen.

„Aha, wen denn?", erkundigte sich Tara. Ich wandte den Kopf und sah ihn interessiert an.

„Die Sache ist schon etwas merkwürdig. Heute Morgen hat ein Mr. Higgins angerufen, er ist angeblich Kunstprofessor an einer Universität in Dublin. Großmutter hat wohl jedes Jahr diesen Mr. Higgins und sechs Kunststudenten aus unterschiedlichen Ländern Europas für drei Wochen auf Londerry Hall aufgenommen. Die Leute mussten eine Bewerbung schreiben, Großmutter hat sich dann nach ihren Vorstellungen sechs Leute ausgesucht und Mr. Higgins hat alles organisiert. Großmutter war Vorstandsmitglied in einem Komitee für irgendein Kunstprojekt zur Pflege internationaler Freundschaften der Universitäten. Mr. Higgins wusste gar nichts von ihrem Tod und wollte sich nur erkundigen, ob Montag in zwei Wochen alle wie geplant kommen könnten."

Ich konnte mich nicht erinnern, jemals Studenten auf Londerry Hall gesehen zu haben, allerdings hatte ich dem Haus früher auch kaum Beachtung geschenkt.

„Was haltet ihr davon?", fragte Tara. Kyle zuckte die Schultern.

„Mum war etwas überfordert, aber sie meinte, wenn es bisher jedes Jahr so war und die Studenten die Reisen bereits gebucht hätten, würde sie dem nicht im Wege stehen. Genügend Zimmer haben wir und sie werden ohnehin die meiste Zeit malen oder irgendetwas besichtigen. Mr. Higgins versicherte, dass wir sie kaum bemerken würden."

Tara fing meinen Blick auf. Sie schien genau dasselbe zu denken wie ich: Wir hatten nicht die geringste Lust, die Brüder mit einigen hübschen Studentinnen zu teilen.

Kyle begann Tara den Rücken zu massieren und sie schloss genießerisch die Augen. So wie er sich Tara gegenüber verhielt, musste sie sich wohl keine Sorgen um die weiblichen Gäste machen.

Unauffällig sah ich zu Stephen hinüber. Er lag auf dem Rücken, sodass ich sein ebenmäßiges Gesicht im Profil sehen konnte. Gerade schien er nichts interessanter zu finden als die Möwen, die kreischend am Himmel flogen. Ich riss meinen Blick von seinem gut aussehenden Körper los und schloss die Augen.

Kapitel 4

Eine alte Legende

Sanft strich sie über das glänzende, rabenschwarze Fell. Für einen kurzen Moment sah sie vor ihrem geistigen Auge, wie die kleinen, unbeholfenen Finger ihrer jüngeren Schwester das Pferd berührten. Dieses riesige, mächtige Tier war immer so behutsam mit ihr, als spürte es, dass nicht alle Menschen gleich waren und manche besondere Zuwendung bräuchten.

Nach dem Ausritt machten Tara und ich es uns in meinem Zimmer gemütlich. Wir ließen den Tag Revue passieren und malten uns aus, was für Leute diese Studenten wohl sein würden. Wie so oft vergaßen wir völlig die Zeit, bis es schließlich kurz vor Mitternacht war und es für Tara höchste Zeit wurde, sich zu verabschieden.

Ich begleitete sie bis zur Veranda, wo unsere Blicke sich automatisch nach Londerry Hall richteten. Dort brannte kein Licht mehr.

„Sie schlafen schon", stellte Tara fest.

Wir sahen es gleichzeitig und zuckten unwillkürlich

zusammen. Auf dem vom Mondlicht erhellten Hügel galoppierte ein schwarzes Pferd in Richtung Londerry Hall. Der dunkle Umhang des Reiters wehte im Wind. Ich spürte, wie sich mir sämtliche Härchen aufstellten. Als der Reiter hinter dem Gebäude verschwand, starrte Tara mich an. Ihre Augen waren weit aufgerissen vor Schreck und Erstaunen.

„Bin ich verrückt oder war das gerade die schwarze Reiterin?", hauchte sie ungläubig.

Langsam nickte ich und starrte immer noch wie hypnotisiert auf die Silhouette von Londerry Hall.

„Vielleicht bleibst du heute Nacht besser hier", schlug ich vor und zerrte Tara wieder ins Haus. Sie kam nur zu gerne mit in mein behagliches Zimmer.

„Tara, ich glaube, ich habe sie schon einmal gesehen! In der Nacht, in der wir das erste Mal auf Londerry Hall waren und die Filme angesehen haben", sprudelte es aus mir hervor.

„Was? Warum sagst du das erst jetzt?"

„Weil ich Angst hatte, dass du mich für komplett bescheuert halten würdest."

Tara grinste matt. „Hätte ich auch. Aber jetzt nicht mehr!"

„Weißt du noch, wovon die Legende genau handelt?"

Sie überlegte. „Nein, leider nicht im Detail. Vor vielen Jahren gab es hier ein Mädchen, Blair. Sie lebte zu der Zeit auf Londerry Hall, als dort noch Pferde gehalten wurden. Irgendetwas ist passiert und in einer Vollmondnacht sind sie und ihr schwarzer Hengst auf merkwürdige Weise verschwunden. Seitdem soll sie dort spuken. Und wenn jemand sie dreimal sieht, widerfährt demjenigen angeblich etwas Schreckliches." Sie warf mir einen unsicheren Blick zu.

„Ich habe sie heute schon das zweite Mal gesehen!" Meine Stimme klang selbst in meinen Ohren laut und hysterisch.

Tara winkte ab. „Das wird wahrscheinlich nur erzählt, um die Geschichte etwas interessanter zu machen! Mein Großvater weiß sicher mehr darüber, ich besuche ihn bald und frage ihn!"

Wir krochen beide unter die Bettdecke, doch an Schlaf war nicht zu denken. Unsere Gedanken drehten sich im Kreis. Hatten wir gerade wirklich den Geist von Blair gesehen?

Wie sich herausstellte, musste Tara ihrem Großvater keinen Besuch abstatten. Wir erfuhren auch so rasch die ganze Geschichte über die schwarze Reiterin von Londerry Hall. Nach einem weiteren, erfolgreichen Trainingstag auf der Geländestrecke luden Kyle und Stephen uns ins „Gerry's" ein, dem einzigen Pub in unserem kleinen Dorf. Wie alle irischen Pubs war es vollgestellt mit Sitzmöbeln und an den Wänden tummelten sich Bilder und Blechschilder.

Wir saßen auf einer gemütlichen, runden Couch mit rotem Kunstlederbezug, aßen eine Kleinigkeit und redeten. Zu meiner großen Freude hatte Stephen keine Augen für die hübsche Kellnerin. Als er nach dem Essen den Arm um mich legte, wurde ich von einem herrlich warmen Gefühl durchströmt. Da sah ich, wie ein groß gewachsener, blonder Junge hereinkam. Liam. Es überraschte mich nicht, ihn zu sehen. Letztes Jahr war ich oft mit ihm hier gewesen, denn Gerry O'Brien, der Besitzer des Pubs, war sein Onkel. Liam begrüßte die Kellnerin mit dem gleichen Blick, den er früher mir geschenkt hatte, und ich fragte mich, ob zwischen den beiden etwas lief.

Er steuerte direkt auf unseren Tisch zu. „Hallo zusammen! Ich bin Liam Perry!", stellte er sich vor. „Und ihr müsst Kyle und Stephen Barker sein!" Er musterte die Brüder neugierig und lächelte Tara und mir zu.

Kyle und Stephen nickten etwas überrascht und stellten sich ebenfalls vor. Stephen gab ihm ein Zeichen, sich zu setzen.

„Ich habe häufig Einkäufe für eure Großmutter erledigt und wollte euch gerne kennenlernen. Seid ihr auch solche Kunstliebhaber wie sie?"

Stephen und Kyle verneinten. „Wir kennen uns überhaupt nicht aus!"

Liam lächelte. „Habt ihr euch schon eingelebt?"

Die Brüder erzählten ein wenig und schienen sich gut mit Liam zu verstehen. Mir war die Situation eher unangenehm. Bald kam die Kellnerin und brachte Liam etwas zu trinken.

Er bemerkte unsere beinahe leeren Gläser. „Bring bitte noch eine Runde. Sie geht auf mich", bat er.

Ich beobachtete die junge Bedienung. Sie hatte ihre dunklen Haare hochgesteckt und ihre rehbraunen Augen blickten aufmerksam umher.

„Und, habt ihr die schwarze Reiterin schon gesehen?", fragte Liam an Stephen und Kyle gewandt.

Wir Mädchen wechselten einen überraschten Blick.

„Schwarze Reiterin? Kennst du die Geschichte gut?", fragte Tara. Liam lachte.

„Caitlin, Tara, ihr seid beide hier aufgewachsen! Habt ihr noch nie von Blair McGirrow gehört?"

Liam hatte schon immer gerne geredet und erzählte uns bereitwillig die Legende. „Vor vielen Jahren lebte auf Londerry Hall die Familie McGirrow. Sie züchteten Arbeitspferde. Damals verfügte Londerry Hall noch über ein großes Stallgebäude mit Platz für ungefähr zwanzig Pferde. Das Besitzerehepaar hatte zwei Töchter. Die ältere, Blair, war der ganze Stolz der Familie, sie war bildschön und wohl eine fantastische Reiterin. Angeblich besaß sie eine besondere Gabe im Umgang mit Pferden und manchmal brachten Leute aus dem Dorf ein Pferd zu den McGirrows, damit Blair ihnen damit helfen konnte. Die jüngere Tochter, Rosie, hatte eine geistige Behinderung und durfte das Grundstück fast nie verlassen.

An einem Festtag sollte im Dorf ein Pferderennen stattfinden. Die Pferde der McGirrows waren dafür nicht geeignet, doch eines Tages kam ein junger Mann namens Ray Kavanagh in die Gegend. Niemand kannte ihn, er tauchte plötzlich mit zwei Pferden auf und wohnte in einer kleinen Hütte im Wald, unweit von Londerry Hall. Er besaß einen großen, schwarzen Hengst, den er selbst jedoch nicht reiten konnte, und eine Stute. Blairs Umgang mit Pferden faszinierte ihn und er versprach ihr den Hengst als Belohnung, wenn sie mit ihm das Rennen gewann. Als Gegenleistung wollte er nur, dass seine Stute jedes Jahr ein Fohlen von dem Hengst bekam. Blair trainierte den Hengst und tatsächlich gewannen sie das Rennen.

Sie und Ray verliebten sich ineinander. Ihr Vater begegnete dem Fremden jedoch mit Misstrauen und untersagte es Blair, eine Beziehung mit ihm einzugehen. Blair war siebzehn und wollte sich ihre große Liebe nicht von den Eltern verbieten lassen. Nacht für Nacht schlüpfte sie also in einen schwarzen Umhang, schlich sich aus dem Haus und ritt auf Ciar, dem schwarzen Hengst, in den Wald zu ihrem Liebsten."

Liam trank einen Schluck und grinste über unsere interessierten Gesichter.

„Wie romantisch. Aber irgendetwas sagt mir, dass es nicht so gut ausging mit den beiden", vermutete Kyle.

„Ganz sicher weiß das niemand", fuhr Liam fort. „Eines Nachts, als Blair von ihrem Besuch bei Ray zurückkam, sah sie den Stall in Flammen stehen. Ihr Vater kam ihr schwer verletzt entgegen und trug ihre leblose Mutter aus dem brennenden Stall. Sie hatten versucht, die Pferde aus dem Flammenmeer zu befreien. Auch Rosie war wohl unbemerkt in den Stall gelaufen, um das Pferd ihrer geliebten Schwester zu retten. Sie kam ebenfalls in den Flammen ums Leben. Keines der Pferde überlebte den Brand, Blairs Vater brach vor dem Stall zusammen und erlag seinen schweren Verbrennungen. Das Wohnhaus überstand den Brand wie durch ein Wunder fast unbeschadet, obwohl es nur einige Meter entfernt stand.

Einige behaupten, Blair wäre bei dem Versuch, ihre Schwester aus dem brennenden Gebäude zu holen, gestorben. Andere sagen, sie wäre verzweifelt wieder auf Ciar gestiegen und mit ihm in der Nacht verschwunden.

Jedenfalls sah oder hörte niemand mehr etwas von Ray, Blair oder ihrem schwarzen Hengst. Zumindest nicht tagsüber. Es hielt sich jedoch hartnäckig das Gerücht, dass man Blair in manchen Nächten sehen konnte, wie sie nach Londerry Hall galoppierte und verzweifelt versuchte, ihre Familie zu retten." Liam zuckte die Schultern. „Wie gesagt, es ist nur eine Legende."

Tara und ich warfen uns einen vielsagenden Blick zu. Liam trank sein Glas leer und stand auf. „Nun, ich muss wieder los, hat mich gefreut, euch beide kennengelernt zu haben! Und wer weiß, vielleicht seht ihr Blair ja einmal!"

„Dummes Zeug!" Stephen schüttelte den Kopf.

Tara und ich beschlossen in stiller Übereinkunft nichts von dem zu sagen, was wir gestern gesehen hatten.

„Das war dein Ex-Freund, oder Caitlin? Wie kommt es, dass wir ihn noch nie in der Schule gesehen haben?" Kyle sah mich neugierig an. Ich wunderte mich, woher er das wusste.

Tara senkte den Blick.

„Stimmt. Liam geht auf eine Privatschule", erklärte ich. Im Moment hatte ich wenig Lust, über ihn zu reden, lieber wollte ich das Gefühl von Stephens Nähe genießen.

„Glaubt er wirklich, was er da redet?", fragte Stephen. Ich überlegte einen Augenblick. Liam war vernünftig und sehr klug. Manchmal war ich mir etwas unterlegen vorgekommen. Es hatte mir gefallen, dass er viele Dinge wusste und häufig reifer schien als andere Jungs in unserem Alter. Uns mitten im Pub eine

Gespenstergeschichte zu erzählen, passte eigentlich so gar nicht zu ihm.

„Nein, ich denke, er wollte nur, dass ihr die Legende kennt, wenn ihr schon auf Londerry Hall lebt", antwortete ich.

Stephen blickte auf die Uhr. „Wir sollten langsam nach Hause gehen, schließlich ist morgen Schule."

„Außerdem wollen wir doch vor der Geisterstunde im Bett sein", fügte Kyle lachend hinzu. „Kommt ihr noch kurz mit zu uns?", bat er. „Ich würde euch gerne etwas zeigen."

Auf Londerry Hall bemühten wir uns, leise zu sein, da Patricia wohl schon schlief. Kyle schlich voran in den ersten Stock, dort schaltete er das Licht ein und steuerte zielsicher auf eines der zahlreichen Gemälde an der Wand zu. Es zeigte ein schwarzes Pferd, das mit gespitzten Ohren in schwungvollem Gang über eine grüne Wiese trabte. Man konnte auch erkennen, wohin es lief. Am Zaun war ein dunkelhaariges Mädchen in einem weißen Kleid angedeutet.

„Vielleicht sind sie das, Blair und Ciar", mutmaßte Kyle.

Wir staunten.

„Ja, das wäre möglich", stimmte Tara zu.

„Das Bild ist mir schon früher aufgefallen, weil mir das Pferd so gut gefiel. Es erinnert mich an Magic.

Und seht mal hier drüben!" Kyle ging zum anderen Ende des Flurs. Dort hing das Porträt eines hübschen, schwarzhaarigen Mädchens, mit braunen Augen und einem ernsten Gesichtsausdruck.

„Das könnte Blair sein", spekulierte ich und versuchte, mir nur für einen Augenblick vorzustellen, wie es wäre, nach Hause zu kommen und festzustellen, dass die ganze Familie in einem Feuer gestorben war.

„Was sind das eigentlich für Zimmer?" Tara deutete auf die vielen Türen. Ich hatte mich schon bei unserem letzten Besuch auf Londerry Hall gewundert, warum Kyle, Stephen und Patricia im zweiten Stock schliefen und nicht im ersten.

„Wissen wir auch nicht genau, sie sehen alle ähnlich aus, perfekte Gästezimmer. Schaut!" Stephen stieß eine der Türen auf. Drinnen standen ein Bett, ein großer Schrank, ein Tisch und zwei Stühle.

„Es sind sechs fast identische Zimmer. Dort werden die Studenten wohnen. Am Ende des Flures gibt es zwei Bäder."

„Nicht übel!" Dieses hier war schon viel größer als mein Zimmer zu Hause und sie standen einfach so leer?

„Wir haben uns die Zimmer im zweiten Stock ausgesucht, weil sie mehr Platz bieten", meinte Kyle. „Bei uns oben steht sogar noch ein weiteres leer."

Die Jungs brachten uns nach draußen und plötzlich

zog Kyle Tara an sich und küsste sie. Einfach so, ohne Vorwarnung. Stephen und ich standen etwas verlegen daneben, während die beiden in ihrer eigenen Welt zu schweben schienen.

„Das wollte ich schon so lange tun!", murmelte Kyle, als er sich von ihr löste. „Gute Nacht!"

Dunkle Wolken verdeckten den Mond und es war beinahe stockdunkel, als wir uns auf den Weg zu mir nach Hause machten. Klar, dass Tara in dieser Nacht bei mir schlief und wir alle Einzelheiten des Kusses miteinander durchgingen.

Kapitel 5

Kuss im Regen

Das Mädchen sah durchs Fenster hinaus auf den wolken-
verhangenen Himmel. Der junge, blonde Mann trat hinter
sie und legte ihr sanft eine Hand auf die Schulter.
„Ich liebe dich. Und wir tun das Richtige", murmelte er und
küsste sie zärtlich.

Tara und Kyle waren nun offiziell zusammen. An dem Tag, bevor Mr. Higgins mit den sechs Studenten eintreffen sollte, waren wir abends alle gemeinsam im Stall. Die Ferien hatten begonnen und Stephen hatte seine Abschlussprüfungen erfolgreich hinter sich gebracht.

„Seid ihr aufgeregt wegen der Studenten?", fragte Tara, als wir die Pferde fütterten.

Stephen nickte. „Ja, schon ein wenig. Schließlich sollen sieben fremde Leute für drei Wochen bei uns wohnen!"

Als die Jungs gegangen waren, war es bereits dunkel. Tara und ich saßen noch länger in der Sattelkammer,

56

hörten Musik und putzen unser Sattelzeug. Der Regen prasselte aufs Stalldach und Tara schien wenig Lust zu haben, bei diesem Wetter nach Hause zu gehen. Mein Angebot, bei mir zu schlafen, nahm sie wie üblich gerne an.

Später, als ich im Bett lag, dachte ich über die Studenten nach. Wie sie wohl sein würden? Hoffentlich nicht lauter hübsche Mädchen, die Stephen attraktiver fand als mich. Ich schlief ein und träumte von wunderschönen jungen Frauen, die anboten, Stephen zu malen, der sich bereitwillig vor ihnen auszog. Sie standen kichernd hinter ihren Leinwänden und unterhielten sich in einer mir fremden Sprache.

„Wo bleiben die denn?", Stephen lief unruhig im Wohnzimmer von Londerry Hall herum und starrte zwischendurch angestrengt durch das Fenster. Der Regen lief in Rinnsalen an der Scheibe entlang und erschwerte die Sicht. Die Barkers hatten uns gebeten, dabei zu sein, wenn die Studenten ankamen und wir wollten uns dies auf keinen Fall entgehen lassen. Tara hatte darauf bestanden, dass wir uns hübsch machten, auch wenn wir in unseren Sommerkleidern für den regnerischen Tag nun eigentlich zu kühl angezogen waren. Stephen und Kyle hatten uns mit einem überraschten, aber freudigen Blick angesehen und Patricia hatte unsere Kleider gelobt. Sie bereitete in der Küche einige Häppchen vor, obwohl eigentlich schon mehr als genug Essen vorhanden war.

„Da kommen sie!", rief Tara und sprang von Kyles Schoß herunter.

Schon standen wir alle am Fenster. Tatsächlich fuhr ein Minibus die Auffahrt herauf. Tara rauschte in ihrem knappen, schwarzen Kleid in Richtung Tür, gefolgt von uns anderen. Patricia war schneller gewesen und trat ihren Gästen bereits lächelnd entgegen.

Ein groß gewachsener, dunkelhaariger Mann stieg an der Fahrerseite aus.

„Guten Abend, mein Name ist Neal Higgins", stellte er sich vor.

Ich schätzte ihn auf Mitte vierzig. Er wirkte jugendlich und dynamisch und überhaupt nicht so, wie ich mir einen Kunstprofessor vorgestellt hatte. Wir ergriffen nacheinander seine Hand und stellten uns vor, warfen aber immer wieder neugierige Blicke auf die aussteigenden Studenten. Zwei Frauen und drei junge Männer kletterten aus dem Fahrzeug.

„Eine Studentin aus Nordirland kommt mit ihrem eigenen Auto, sie sollte bald hier sein", erklärte Mr. Higgins, bevor wir uns über das fehlende Mädchen wundern konnten.

Patricia hieß alle willkommen und schlug vor, dass wir den Gästen zuerst die Zimmer zeigen sollten, bevor wir uns unten zum Essen treffen würden.

Sie selbst begleitete Mr. Higgins zu seinem Zimmer im zweiten Stock und wir gingen mit den Studenten in den ersten.

„Ich nehme dieses Zimmer!", verkündete eine große Blondine mit fast hüftlangen Haaren sofort und schleifte ihren pinkfarbenen Trolley in das letzte Zimmer hinten rechts. Stephen eilte mit ihrer rosa Sporttasche und ihrem gleichfarbigen Koffer hinterher.

„Ich bleibe gleich hier links, an der Treppe!", meinte ein dunkelhaariger Junge neben mir. Er zwinkerte mir zu. „Dann bin ich als Erster beim Essen!"

„Guter Plan!"

Kurze Zeit später saßen wir alle im großzügigen Speisesaal von Londerry Hall. Die Barkers benutzten diesen Raum sonst nie zum Essen, doch für die vielen Leute war er wie geschaffen. Vor dem Essen stellten wir uns endlich alle vor.

Patricia begann zu sprechen: „So, mich habt ihr ja schon kennengelernt, ich lebe hier mit meinen Söhnen Stephen und Kyle." Sie deutete auf die Brüder. „Und das hier sind Tara und Caitlin, ihre Freundinnen."

Mit einem Lächeln wies sie in unsere Richtung. Wir blickten in die Runde und ich dankte Patricia im Stillen, denn so hatte es sich angehört, als wären wir beide tatsächlich die festen Freundinnen ihrer Söhne.

Als Nächstes ergriff der Junge das Wort, der das Zimmer in der Nähe der Treppe hatte. Er hieß Antonio Lauretta, wollte Toni genannt werden und kam aus Italien. Toni war mir sofort sympathisch, er hatte die ganze Zeit ein Grinsen im Gesicht und schien durch seine bloße Anwesenheit gute Laune zu verbreiten.

Der junge Mann neben Toni überragte den kleinen Italiener um ein gutes Stück. Er stellte sich als Temo Rodriguez vor und lebte in Spanien. Während er sprach, sah er mich fast unentwegt an, was mich zunehmend nervös machte. Ich rutschte unruhig auf meinem Stuhl herum, bis Temo mir ein leichtes Lächeln zuwarf und den Blick von mir abwandte. Sofort ärgerte ich mich, weil ich so offensichtlich gezeigt hatte, wie verlegen er mich machte.

Stephen schien davon glücklicherweise nichts bemerkt zu haben und lauschte schon dem letzten männlichen Teilnehmer. Er war blass, blond und sah mit seiner Brille und den unordentlichen Haaren mehr nach Informatiker als nach Kunststudent aus. Peter Gärtner war aus Deutschland angereist.

Als Nächstes war das blonde Mädchen mit den vielen rosa Koffern an der Reihe. „Mein Name ist Valerie DeBorget, ich bin zwanzig Jahre alt und komme aus Nizza in Frankreich", stellte sie sich mit süßem französischem Akzent und Zahnpastalächeln vor. Valerie sah gut aus, war jedoch nicht umwerfend schön. Allerdings hatte sie diese ansteckend positive Ausstrahlung, die bei fast allen Menschen gut ankam. Würde Stephen ihr nicht so begeisterte Blicke zuwerfen, wäre sie mir sicher auch sympathischer.

Das Mädchen neben Valerie ähnelte ihr äußerlich ein wenig. Auch sie hatte langes, blondes Haar, ihre Gesichtszüge wirkten jedoch weicher und runder. Sie hieß Matilda Haström und kam aus Schweden. Matilda trug einen gestreiften Pulli und eine weite Latzhose. Dazu trug sie schlichten, aber teuer aussehenden Schmuck. An mir hätte diese Kombination sicher absolut lächerlich ausgesehen, doch an ihr wirkte es klasse.

Da von der anderen Studentin noch immer nichts zu sehen war, begannen wir mit dem Essen. Ich bemerkte beunruhigt, dass Stephen immer wieder Blicke in Richtung der beiden Blondinen warf.

Nach dem Essen gingen wir ins große Wohnzimmer der Barkers. Valerie nahm Stephen sofort in Beschlag und begann mit ihm auf einem Sofa ein Gespräch. Ich blieb bei Tara, Kyle und dem Rest der Gruppe und wir unterhielten uns wirklich gut mit ihnen.

„Also wie ist das jetzt? Tara, du bist mit Kyle zusammen, oder? Und Caitlin, du gehst mit Stephen?" erkundigte sich Matilda.

Da Tara auf Kyles Schoß saß, war dieser Teil nicht schwer zu erraten.

„Kyle und ich sind zusammen, ja …", begann Tara.

„… aber ich nicht mit Stephen", beendete ich den Satz.

Toni sah mich überrascht an. „Echt? Da läuft nichts zwischen euch?"

„Nein, wir sind nur Freunde", erwiderte ich kopfschüttelnd.

„Seht, da kommt ein Auto", unterbrach uns Peter. Wir blickten aus dem Fenster. Inzwischen hatte der Himmel seine Schleusen noch weiter geöffnet und der Regen prasselte unbarmherzig auf das winzige Fahrzeug nieder, das sich soeben mühsam die Auffahrt von Londerry Hall hinaufquälte. Das Vehikel hatte eine seltsame Farbe, der Unterschied zwischen Lack und Rost war kaum erkennbar. Nach einem kleinen Hüpfer kam es vor dem Haus zum Stehen.

Stephen riss sich endlich von Valerie los und ging nach draußen. Ich schnappte mir einen Regenschirm und folgte ihm.

Als ich nach draußen kam, kletterte gerade ein Mädchen aus dem Auto. Sie wirkte kaum älter als ich und war zudem noch um einen guten Kopf kleiner. Ihre kurzen, kupferfarbenen Haare wurden vom Wind zerzaust, als sie rasch und mit einem breiten Lächeln auf uns zuging.

„Hi, ich bin Gigi! Bitte entschuldigt die Verspätung, mein Auto wollte plötzlich kaum noch fahren", teilte sie uns mit. Sie wirkte bestens gelaunt und nicht im Geringsten gestresst, als sie mit uns zur Haustür hastete.

„Seid ihr auch wegen des Kunstprogramms hier?", fragte sie und musterte uns kurz.

Stephen schüttelte den Kopf. „Nein. Ich bin Stephen Barker und wohne hier mit meiner Mutter und meinem Bruder. Das ist Caitlin, meine … unsere Nachbarin."

Mir entging nicht, dass Stephen gezögert hatte, wie er mich vorstellen sollte.

„Schön euch kennenzulernen!" Gigi strahlte uns an.

„Willkommen auf Londerry Hall!" Stephen öffnete schwungvoll die Haustür.

Patricia begrüßte Gigi kurz, dann begleiteten wir sie nach oben.

„Das Zimmer hinten links ist das einzige, das noch frei ist", erklärte ich.

Gigi warf einen Blick hinein. „Wow, das ist fast so groß wie mein ganzes Haus! Ist ja toll!" Sie warf ihre Sachen achtlos aufs Bett und drehte sich wieder zu uns um. „Wo sind die anderen?"

„Im Wohnzimmer. Komm, gehen wir zu ihnen", schlug Stephen vor. Gigi federte vor uns die Treppe hinunter. Ich staunte über so viel Energie in einem so kleinen Menschen.

Unten verstummten alle, als wir mit Gigi eintraten.

Sogar der Witze reißende Toni war still. Die junge Frau schien mit ihrer Energie den ganzen Raum zu füllen. Wir erfuhren, dass sie eigentlich Georgina Havers hieß und zwanzig Jahre alt war. Draußen ertönte ein gewaltiger Donnerschlag.

„Oje, die Pferde!", entfuhr es mir. Erst jetzt fiel mir ein, dass wir sie nicht in den Stall gebracht hatten. Bei diesem Gewitter wollte ich sie auf keinen Fall noch länger draußen lassen.

„Bin gleich wieder da!", rief ich und lief zur Tür.

Stephen folgte mir. „Ich komme mit! Hier!" Er reichte mir einen gelben Regenmantel und Gummistiefel. Selbst schlüpfte er in ähnliche Klamotten. Vermutlich hatte ich Kyles Gummistiefel bekommen, denn ich stolperte mit watschelnden Bewegungen hinter Stephen her.

Er drehte sich nach mir um, weil ich in den viel zu großen Stiefeln deutlich langsamer war als er. Dann lachte er schallend.

„Du siehst aus wie eine Ente!"

Ich stimmte in sein Gelächter ein und während wir die feuchte Wiese Richtung Koppel hinunterrannten, hielten wir uns beide den Bauch vor Lachen. Die Pferde standen tropfnass am Gatter und wieherten vorwurfsvoll, als sie uns sahen. Roxy wich erst entsetzt vor ihrer knallgelben Besitzerin zurück, ließ sich aber schließlich von mir einfangen.

Stephen kicherte erneut. „Roxy erkennt dich auch kaum wieder!"

Als endlich alle Pferde in ihren Boxen standen, gaben wir ihnen etwas zu fressen, legten ihnen leichte Decken auf und kontrollierten ihre Hufe.

So schnell wir konnten, eilten wir durch den dichten Regenvorhang zurück nach Londerry Hall.

Stephen wartete an der Haustür auf mich. Keuchend drängte ich mich neben ihn unter das vorstehende Dach. Erst dann wurde mir bewusst, wie nahe wir beieinanderstanden. Er lächelte zu mir hinunter und schien überhaupt nicht außer Atem zu sein. In aller Ruhe strich er eine nasse Haarsträhne aus meinem Gesicht und trat noch ein Stückchen näher.

Erwartungsvoll hielt ich die Luft an. Würde er mich jetzt küssen? Ausgerechnet heute, wo drei hübsche Mädchen quasi bei ihm eingezogen waren? Hatte er Temos Blicke gesehen und war eifersüchtig geworden?

In diesem Moment schien er sich zu fragen, was er da tat. Doch diese Gelegenheit wollte ich um keinen Preis wieder verstreichen lassen. Bevor ich es mir anders überlegen konnte, legte ich eine Hand um seinen Nacken und küsste ihn. Stephen erwiderte meinen Kuss zögernd.

„Ich bin nicht bereit für eine Freundin", murmelte er beinahe entschuldigend, wich aber kaum zurück.

„Okay", flüsterte ich und küsste ihn wieder.

„Okay?", fragte Stephen leise. Kurz horchte ich in mich hinein. Im Moment war es für mich wirklich in Ordnung. Eigentlich wollte ich nur hier mit Stephen stehen, ihn küssen und nicht weiter denken.

„Ja, im Moment schon." Diesmal küsste mich Stephen heftiger, fordernder und drückte mich gegen die eiskalte Steinmauer. Etwas ließ mich zusammenzucken.

„Ich bin noch nicht bereit für mehr."

„Okay", erwiderte Stephen.

„Okay?", vergewisserte ich mich.

Stephen nickte und lächelte leicht. „Ja, im Moment schon."

Wieder im Wohnzimmer benahm Stephen sich, als wäre nichts geschehen. Automatisch passte ich mich diesem Verhalten an. Er machte mich beinahe wahnsinnig! Wie konnte er mich in einem Moment leidenschaftlich küssen und im nächsten völlig unbeteiligt neben mir stehen?

„Wo wart ihr eigentlich so lange?", wollte Toni mit einem anzüglichen Grinsen wissen.

„Wir haben die Pferde versorgt, das dauert eben eine Weile", antwortete Stephen überzeugend.

„Wie viele Pferde habt ihr denn?" Gigi blickte uns interessiert an. Wir erzählten ihr von Whisper, Magic, Grace und Roxy.

„Darf ich sie mir mal ansehen? Ich habe auch ein Pferd. Eine kleine Tinkerstute. Sie heißt Keeta", quasselte Gigi fröhlich und hielt uns ein Bild von ihrem Pferd auf dem Handy unter die Nase.

„Schon klar, da läuft nichts", murmelte Temo so leise, dass nur ich es hören konnte. Er sagte das so merkwürdig, dass ich nicht wusste, ob er ärgerlich oder belustigt war. Nur Tara kannte mich gut genug, um mich auf die Toilette zu schleifen und fragend anzustarren. Natürlich erzählte ich ihr von dem Kuss und wie ausgelassen Stephen auf dem Weg zum Stall gewirkt hatte.

„Merkwürdig, so kennt man ihn gar nicht. Ob Valerie ihm etwas ins Getränk gemischt hat?", spekulierte sie, nur halb im Scherz.

„Hey, manche Jungs küssen mich auch ohne Drogen!"

Tara lachte. „So war es doch nicht gemeint!"
Der restliche Abend verging wie im Flug und irgendwann wurde es für Tara und mich Zeit zu gehen. Wir trennten uns schon an der Tür von Londerry Hall und ich lief rasch den Hügel zu meinem Haus hinunter. Bevor ich eintrat, drehte ich mich um und sah zurück. Viele Fenster auf Londerry Hall waren hell erleuchtet und ich stellte mir vor, wie Stephen, Kyle und die Studenten noch miteinander redeten und lachten.
Von der schwarzen Reiterin war nichts zu sehen.

Die ersten Tage der Studenten verliefen recht ereignislos. Sie waren meist auf Ausflügen oder bearbeiteten auf Londerry Hall irgendwelche Projekte.

Gigi wollte unbedingt unsere Pferde sehen, besonders Kyles Black Magic schien es ihr angetan zu haben.

Wir trainierten fleißig und meine Hoffnungen auf ein erfolgreiches Herbstturnier stiegen mit jedem Trainingstag. Stephen unternahm keinen Versuch, mich zu küssen, und ich beließ es dabei. Irgendwie herrschte zwischen uns eine stille Übereinkunft, nicht weiter darüber zu reden.

Unter der Woche lud uns Patrica zum Abendessen nach Londerry Hall ein. Sie hatte „Irish Stew", einen typisch irischen Eintopf mit Lammfleisch gekocht und es mit der Menge offensichtlich etwas übertrieben.

„Sag mal, reitest du eigentlich auch nachts?", fragte Gigi plötzlich an Kyle gewandt.

„Natürlich nicht", entgegnete er. „Warum fragst du?"

Gigi wurde rot. „Na ja, Toni und ich sind gestern Abend noch ein wenig spazieren gegangen", begann sie mit einem unsicheren Blick auf Mr. Higgins. Der lächelte nachsichtig.

Gigi holte tief Luft. „Und dann kam aus dem Wald ein schwarzes Pferd galoppiert! Es war so groß wie Magic und lief in Richtung Londerry Hall. Wir konnten den Reiter nicht erkennen, weil er einen schwarzen Kapuzenumhang trug", beschrieb sie ihr Erlebnis. „Wäre ich alleine gewesen, hätte ich es ziemlich unheimlich gefunden!", fügte sie mit einem kurzen Lachen hinzu.

Alle am Tisch sahen sie mit hochgezogenen Augenbrauen an.

„Ich kann dir versichern, dass ich das nicht war. Und ich glaube kaum, dass jemand anders Magic nachts reitet", meinte Kyle stirnrunzelnd.

„Aber da war definitiv ein Reiter auf einem großen schwarzen Pferd", beharrte auch Toni.

Stephen überlegte laut. „Soweit ich weiß, gibt es hier in der Nähe nur ein schwarzes Pferd, das Magic in Größe und Statur ähnelt. Und das gehört Fiona. Aber die würde niemals nachts reiten! Vor allem nicht auf diesem Pferd!"

Tara und ich nickten zustimmend.

„Aber vielleicht habt ihr ja auch die schwarze Reiterin gesehen!", warf Kyle mit funkelnden Augen ein. Sofort hatte er die ungeteilte Aufmerksamkeit aller Anwesenden. Und dann erzählte er die Geschichte von Blair und Ciar genauso, wie Liam sie uns erzählt hatte.

Gigi erschauderte. Matilda sah sich unruhig um, doch Valerie lachte nur. „Dummes Zeug!", rief sie.

„Genau", pflichtete Stephen ihr bei und bedachte Kyle mit einem wütenden Blick.

Tara räusperte sich. „Wir haben sie auch schon gesehen. Caitlin und ich. Es war wirklich unheimlich." Nun starrten alle uns an.

„Wie bitte? Warum habt ihr uns das nicht erzählt?" Kyle sah seine Freundin und mich halb wütend, halb ungläubig an.

Stephen runzelte die Stirn und Valerie schnaubte verächtlich. Nur Gigi und Toni sahen zufrieden aus.

„Weil wir genau diese Reaktion erwartet haben", entgegnete ich ruhig.

„Ich wusste ja, dass es auf Irland viele Sagen und Märchen über Fabelwesen gibt, aber mir war nicht klar, dass ihr tatsächlich so daran glaubt!" Peter blickte erstaunt in die Runde.

„Wir glauben bestimmt nicht alle daran!", stellte Stephen klar.

Daraufhin entbrannten am Tisch verschiedene Diskussionen über Geister, die Macht der Einbildung und den Aberglauben des irischen Volkes im Allgemeinen.

Kapitel 6

Das Pferd auf dem Gemälde

Im Schutz der Dunkelheit schlich sie zur Koppel. Der schwarze Umhang funktionierte in der Nacht beinahe wie ein Tarnumhang. Wie immer kam das schwarze Pferd sofort zum Zaun, als es sie erkannte. Das Mädchen legte ihm ein Halfter an und kletterte von der obersten Zaunlatte auf seinen Rücken. Um ihn zu reiten, brauchte sie weder Sattel noch Zaumzeug.

Eine Woche später saßen Tara und ich in der Sattelkammer und widmeten uns der Lederpflege. Taras Handy piepte und kündigte eine Nachricht von Kyle an. Die Studenten wollten unbedingt ein typisch irisches Pub sehen und hatten Kyle und Stephen gebeten, sie zu begleiten. Die beiden hatten spontan auch für uns zugesagt.

So kam es, dass wir wenig später alle gemeinsam ins Dorf spazierten. Gigi und Toni distanzierten sich etwas von der Gruppe, Valerie versuchte, mit Stephen alleine zu sein und Temo schien meine Nähe zu suchen. Zwar genoss ich die Aufmerksamkeit des attraktiven Spaniers, war jedoch auch genervt, wie sehr Valerie sich an Stephen ranwarf, und blickte ständig zu ihnen hinüber.

Im „Gerry's" ließen wir uns alle schnell von der fröhlichen Atmosphäre anstecken. Es roch nach Guinness und die vielen Leute drängten sich dicht beieinander.

Stephen, Kyle und ich gingen zur Bar, um die erste Runde zu besorgen, und Gerry strahlte, als er uns sah. Auch die junge Kellnerin war wieder da und es überraschte mich nicht, auch Liam zu erblicken.

Ich stellte ihn den Studenten vor und Valerie schien Stephen für einen Augenblick zu vergessen und unterhielt sich angeregt mit Liam.

„Du scheinst alle Leute hier zu kennen", bemerkte Temo und setzte sich neben mich.

„Das ist ein kleines Dorf und Liam und ich waren mal zusammen. Allerdings kenne ich hier drin tatsächlich die meisten", stellte ich fest.

In dem Moment kam die Kellnerin vorbei.

„Leute, das ist übrigens meine Freundin Shawna! Wenn ihr nett zu ihr seid, versorgt sie euch immer mit Nachschub!", sagte Liam, grinste und küsste sie auf die Wange.

„War sie der Grund für eure Trennung?", wollte Temo wissen.

„Nein. Sie ist nicht aus dem Dorf, kam wohl erst vor Kurzem hierher."

Liam verließ unsere Gruppe wieder und Valerie wandte sich erneut Stephen zu. Grund genug für mich, noch etwas näher an Temo heranzurücken.

Er erzählte mir von seiner spanischen Heimat, seiner Familie und wie schwierig es für ihn als jüngstes Kind einer Handwerkerfamilie gewesen war, ein Kunststudium zu beginnen. Er gab zu, dass er sich das Studium ohne ein Teilstipendium, niemals hätte leisten können. Die Musik spielte fröhliche Lieder und Temo beugte sich aufgrund der zunehmenden Lautstärke so weit zu mir, dass sich unsere Gesichter beinahe berührten.

„Gefällt es dir bisher auf Irland?", fragte ich und zog meinen Kopf etwas zurück.

Er grinste mich an und strich mir sanft eine Strähne aus dem Gesicht. „Wie könnte es nicht?"

Etwas durcheinander sah ich auf seine ebenmäßigen, weißen Zähne in dem markanten, von der Sonne gebräunten Gesicht. Ich hatte Lust, ihn zu küssen. Obwohl Stephen sich nur wenige Meter entfernt im gleichen Raum befand. Eigentlich war ich doch in Stephen verliebt, also was faszinierte mich so an Temo? Vielleicht die Art, wie er mich ansah und mir Beachtung schenkte, während Stephen gerade laut über etwas lachte, das Valerie gesagt hatte.

Es war schon spät, als wir das Pub verließen. Nur noch wenige Gäste waren drinnen, auch Liam und Shawna waren nicht mehr zu sehen und überließen Gerry und seiner Frau die letzten Kunden. Taras Haus lag direkt auf unserem Heimweg.

Temo bestand darauf, mich nach Hause zu begleiten, und ich hatte nicht das Geringste dagegen. Also trennten wir uns an der Auffahrt zu Londerry Hall von den anderen und gingen die Straße weiter zu meinem Zuhause. Der Abend im Pub hatte mich entspannt und ich fühlte mich wohl in seiner Nähe. Er sagte schöne Dinge mit seinem weichen, angenehm klingenden, spanischen Akzent.

Als er von den Bildern auf Londerry Hall zu sprechen begann, horchte ich auf.

„… hat Higgins uns heute Nachmittag allen ein Bild zugeteilt, das wir möglichst originalgetreu nachmalen sollen", sagte er gerade.

„Ihr sollt die Gemälde nachmalen?"

Temo nickte. „Ja, sie sind wirklich gut, du kennst sie sicher?"

„Klar, es sind viele Pferdebilder darunter!"

„Genau! Mir hat er allerdings das Porträt eines dunkelhaarigen Mädchens zugeteilt."

Temo zog sein Handy heraus und suchte nach einem bestimmten Bild. Es zeigte ihn, wie er andeutete, Blair auf dem Gemälde auf die Wange zu küssen.

„Wir haben heute alle solche Bilder mit ‚unseren‘ Gemälden gemacht", erklärte er und ich sah mir die restlichen Fotos an. Auf allen waren die Studenten in witzigen Posen vor ihren Gemälden zu erkennen. Peter hatte mein Lieblingsbild bekommen, das, in dem das schwarze Pferd auf das Mädchen am Zaun zulief.

„Ihr nehmt die Sache ja sehr ernst!"

Temo verzog das Gesicht. „Eigentlich schon. Mr. Higgins weiß, dass Porträts eine meiner Schwächen sind, ich bevorzuge Landschaften."

Inzwischen waren wir an meiner Veranda angekommen.

„Dann malst du nicht gerne hübsche Mädchen?", fragte ich und blickte unschuldig zu ihm auf.

Temo nahm mein Gesicht in seine Hände und küsste mich. „Ich mache lieber andere Dinge mit hübschen Mädchen", raunte er.

Ich lächelte und wir küssten uns erneut. Sein Kuss war anders als der von Stephen, fühlte sich jedoch ebenfalls sehr gut an.

„Langsam sollte ich gehen", murmelte Temo leise und ließ mich los.

Er wandte sich in Richtung Londerry Hall und wir sahen das schwarze Pferd und die Gestalt im Kapuzenumhang gleichzeitig.

Temo schnappte nach Luft. „Ist das eure schwarze Reiterin?"

„Ja. Wahrscheinlich der Geist des Mädchens auf deinem Porträt."

Er sah mich stirnrunzelnd an. „Also das sah für mich sehr real aus", fand er.

„Möchtest du heute Nacht lieber hierbleiben?", bot ich an.

„Ich soll bei dir schlafen?"

„Auf der Couch natürlich!", beeilte ich mich, zu sagen.

„Wenn du mich unter anderen Umständen gefragt hättest, würde ich gerne bleiben! Aber nicht, weil du denkst, dass ich Angst vor einer Gespensterreiterin hätte!"

Stumm nickte ich.

„Sie ist Richtung Wald geritten! Also schaffe ich es problemlos hinauf nach Londerry Hall!" Er lachte unbekümmert und wandte sich zum Gehen. „Hey, Caitlin!", rief er, als er schon einige Schritte entfernt war und grinste breit. „Küssen eigentlich alle irischen Mädchen so gut?"

Verwirrt von meinen Gefühlen ging ich nach oben in mein Zimmer. Innerhalb kurzer Zeit hatten mich zwei gut aussehende Jungs geküsst. Bei beiden hatte ich es genossen und ich fühlte mich zu beiden hingezogen. Temo musste allerdings ohnehin bald zurück nach Spanien. Für ihn war ich sicher nur ein Urlaubsflirt.

Stephen dagegen schien wesentlich ernsthafter, obwohl er zwei Jahre jünger war. Würde er sauer sein, wenn er erfuhr, dass ich Temo geküsst hatte? Gefiel Valerie ihm besser als ich? Obwohl ich müde war, dauerte es lange, bis ich einschlief und von der schwarzen Reiterin träumte. Nun hatte ich sie dreimal gesehen.

Noch immer in Gedanken versunken, betrat ich den Stall am nächsten Morgen. Erst dann realisierte ich, dass die Barker Brüder schon drin waren und mich offensichtlich nicht bemerkt hatten. Sie standen im hinteren Teil des Stalles.

„Und warum hast du Caitlin dann überhaupt geküsst?", fragte Kyle gerade.

Ich konnte Stephen nicht sehen, er antwortete auch nichts darauf.

„Du musst es ihr sagen, besonders wegen Lindsay, das bist du ihr schuldig", meinte Kyle in strengem Ton.

Wer zum Teufel war Lindsay? Ein Teil von mir wollte gerne weiter lauschen, doch meine Stimme begrüßte die beiden laut und fröhlich.

„Guten Morgen!" Ich tat, als hätte ich den Stall soeben betreten.

„Guten Morgen! Hat Temo dich gestern gut nach Hause gebracht?" Kyle grinste anzüglich.

Ich nickte etwas verlegen und holte Roxy schnell aus ihrer Box. Die Sache mit Lindsay würde mich den ganzen Tag beschäftigen und ich wünschte mir, zwei Minuten später in den Stall gekommen zu sein.

Kurz darauf erschien Tara und wir planten heute einen ruhigen Ausritt zu machen.

Gemeinsam sattelten wir die Pferde und machten uns auf den Weg in den Wald. Zwischen Stephen und mir lag eine merkwürdige Anspannung. Ich grübelte über Lindsay nach und auch ihn schien etwas zu beschäftigen. Ob ihm die Sache mit Temo etwas ausmachte? Dachte er vielleicht an Valerie? Oder an etwas ganz anderes?

Nach dem Ausritt hatten alle noch etwas zu erledigen und ich erklärte mich bereit, die Pferde zu versorgen. Ich genoss es, alleine mit der Musik aus dem Stallradio die Boxen zu säubern. Temo schrieb mir eine Nachricht, dass er mit seinem Gemälde beschäftigt sei. Irgendwie war ich froh, ihn heute nicht sehen zu müssen.

Am nächsten Tag wurden Tara und ich nach Londerry Hall zum Mittagessen eingeladen. Ich war gespannt, wie es sein würde, Temo zu sehen. Die Studenten kamen vom Dachboden herunter, in dem die alte Mrs. Barker ein kleines Atelier eingerichtet hatte. Wahrscheinlich arbeiteten sie dort alle an ihren Gemälden.

Temo setzte sich neben mich und streifte kurz meine Hand, ließ sich aber am Esstisch nicht anmerken, dass wir uns vorgestern geküsst hatten. So wie mich die anderen ansahen, wusste aber jeder der Studenten Bescheid. Ich stöhnte innerlich auf.

„Wie läuft es mit euren Gemälden?", erkundigte ich mich.

Matilda lächelte. „Ziemlich gut! Kommt doch nachher rauf und seht sie euch an!"

Das musste sie uns nicht zweimal sagen und nach dem Essen gingen wir mit den Studenten hinauf. Sechs große Staffeleien waren dort aufgestellt. Ein Bild zeigte Blair mit ihren Eltern und ihrer Schwester. Es schien fast fertig zu sein und ich konnte keinen Unterschied zum Original erkennen.

„Das ist mein Bild", erklärte Valerie und warf ein kokettes Lächeln in Stephens Richtung.

„Ihr seid alle sehr talentiert", erwiderte er.

Matildas Zeichnung zeigte einen alten Mann, der in einem Sessel saß, flankiert von zwei irischen Wolfs-hunden. Zuletzt sah ich mir das Bild von Peter an. Er war schon recht weit gekommen. Ciar lief über die Wiese zu Blair. Doch etwas störte mich an dem Bild. Ich überlegte und hielt den Kopf schief. Das Pferd … irgendetwas stimmte mit dem Pferd nicht. Plötzlich kam ich darauf.

„Die Beine sind falsch", murmelte ich mehr zu mir selbst.

Peter starrte mich erschrocken an. „Was meinst du damit?"

Mir war es etwas peinlich, sein Werk zu kritisieren. „Du hast die Beine des Pferdes nicht richtig gemalt. Das Pferd sollte eigentlich traben, aber das hier geht Pass", erklärte ich.

Meine Freunde nickten zustimmend.

„Ja, du hast recht, Caitlin. Wäre mir nicht aufgefallen", bestätigte Kyle anerkennend.

Matilda und Peter sahen uns verständnislos an.

„Könntest du das bitte für uns Nichtreiter übersetzen?", bat er.

Ich nickte. „Das Pferd auf dem Originalbild trabt, das heißt, dass jeweils das diagonale Beinpaar auf dem Boden, beziehungsweise in der Luft ist. Dieses Pferd hier geht Pass, das linke Vorderbein und das linke Hinterbein greifen nach vorne aus. Siehst du?"

Peter nickte langsam, schien aber nicht recht zu kapieren.

„Pass ist bei einem Pferd keine selbstverständliche Gangart wie Schritt, Trab und Galopp. Es gibt einige Pferderassen, die mehr als drei Gangarten beherrschen, wie beispielsweise den Pass oder den Tölt", ergänzte Stephen. „Islandpferde sind häufig sogenannte Fünfgänger, es gibt aber auch andere Rassen, die das können."

Peter sah noch verwirrter aus.

„Komm, gehen wir schnell nach unten, dann zeige ich es dir auf dem Original", schlug ich vor.

„Nicht nötig." Peter zog sein Handy heraus. „Ich habe es mir gestern Morgen abfotografiert, damit ich nicht jedes Mal nach unten laufen muss." Er tippte ein wenig auf seinem Smartphone herum, runzelte die Stirn und zeigte mir dann das Bild. „Du musst dich geirrt haben, hier sieht es genauso aus."

Mit zusammengekniffenen Augen sah ich es mir an. Es stimmte. Aber wie war das möglich? Ich hatte es mir doch erst vor wenigen Tagen angesehen und war mir absolut sicher, dass Ciar einen ordentlichen Trab gelaufen war. Hier war mir die andere Gangart schließlich sofort aufgefallen. Peter würde mich wahrscheinlich für vollkommen bescheuert halten.

„Du hast recht, ich habe mich wohl geirrt, tut mir leid", entschuldigte ich mich dennoch.

Stephen, Kyle und Tara war deutlich anzusehen, dass auch sie die Sache merkwürdig fanden, doch wir sagten nichts mehr.

„Lust auf ein bisschen Geländetraining?" Kyle sah uns mit glänzenden Augen an.

Die Sonne hatte sich hinter einer dicken Wolkenwand versteckt, doch es sah nicht so aus, als ob es in den nächsten Stunden regnen würde. Sein Vorschlag fand bei uns allen Anklang und wir gingen zum Stall.

Stephen und ich schafften es immer noch nicht, ganz normal miteinander umzugehen, doch beim Striegeln der Pferde wurde es besser. Während ich Roxys Fell auf Hochglanz brachte, dachte ich wieder daran, wie Temo und ich uns geküsst hatten. Temo! Er hatte doch auch Fotos von den Gemälden auf seinem Handy! Ich war immer noch der festen Überzeugung, dass mit dem Bild, das jetzt im ersten Stock auf Londerry Hall hing, etwas faul war. Irgendjemand schien es manipuliert zu haben. Zu gerne hätte ich noch einmal einen Blick auf die Fotos geworfen, die mir der junge Spanier gezeigt hatte. Ohne den anderen etwas zu sagen, holte ich rasch mein Handy heraus und tippte eine Nachricht an Temo: *Hey, schickst du mir bitte die Fotos, die ihr mit den Gemälden gemacht habt? Wir wollen ein Erinnerungsalbum für alle Studenten erstellen.*

Das war zwar gelogen, aber etwas Plausibleres fiel mir im Moment nicht ein.

Als ich Roxys Sattelgurt festzurrte, vibrierte mein Handy mehrmals. Temo hatte geantwortet und die Bilder geschickt. Rasch zog ich das Telefon aus der Tasche meiner Reithose.

Natürlich ging in diesem Moment Stephen mit Whispers Sattel hinter mir vorbei und warf einen Blick auf mein Smartphone. „Sieben neue Nachrichten?"

Ich beachtete weder ihn noch Temos kurze Textnachricht, sondern scrollte direkt zu dem Bild von

Peter. Er stand halb vor seinem Gemälde, doch Ciars Beine waren gut erkennbar. Mit den Fingern zoomte ich heran, um ganz sicherzugehen. Doch, Ciar trabte eindeutig.

„Seht mal! Das Bild wurde ausgetauscht. Hier habe ich den Beweis!"

Sofort hatte ich die volle Aufmerksamkeit der anderen. Stephens Wange berührte meine, als er mit seinem Kopf nahe an das Handy heranging. Es war nur eine zufällige Berührung, aber sie löste ein wohlbekanntes Kribbeln bei mir aus.

„Stimmt! Du hattest von Anfang an recht, Caitlin!" In Stephens Blick lag etwas Ungläubiges. „Aber wer macht so etwas?"

Tara schnaubte. „Ihr habt ein Haus voller fremder Kunstliebhaber! Irgendjemand wird erkannt haben, dass dieses Gemälde wertvoll ist, und hat eine Kopie angefertigt, oder es zumindest versucht. Und dieser Jemand verkauft wahrscheinlich gerade euer Original für eine Stange Geld!"

Kapitel 7

Gibt es Gespenster?

*„Was ist, wenn wir auffliegen? Was ist, wenn sich danach
alle gegen uns wenden? Wenn wir alles verlieren?" Sie
starrte ihn aus großen, dunklen Augen an.
„Das wird nicht passieren!" Er nahm sie beruhigend in
die Arme und legte eine Hand auf ihr Haar, wie um sie vor
allem Bösen dieser Welt zu beschützen.*

Wir trainierten relativ lange auf der Geländestrecke
und als wir die Pferde für die Nacht versorgt hatten,
wurde es bereits dunkel. Tara und Kyle küssten sich
wie üblich lange zum Abschied.

Ich ließ meinen Blick nach Londerry Hall schwei-
fen. Und da war sie wieder! Wie auf einem Scheren-
schnitt sah man das schwarze Pferd mit seiner Reiterin
in wallendem Umhang auf der Hügelkuppe.

„Leute, seht!", rief ich und deutete hinauf.

Die Köpfe der andern flogen herum. Stephen und
Kyle blieb buchstäblich der Mund offen stehen.

„Das gibt's doch nicht! Wer ist das?" Stephen kniff
angestrengt die Augen zusammen, kurz darauf ver-

schwand die Erscheinung im Wald. Bisher hatten die Brüder weder uns noch Gigi und Toni geglaubt, doch jetzt konnten sie es unmöglich weiter abstreiten. Sie verabschiedeten sich wenig später und gingen lebhaft diskutierend den Hügel hinauf.

„Bin ich froh, dass sie die schwarze Reiterin jetzt auch endlich gesehen haben! Es nervte mich, dass sie uns bisher nicht für voll genommen haben!", meinte Tara und sah fast ein wenig selbstgefällig drein.

„Ich frage mich immer wieder, wer das mit dem Gemälde gewesen sein könnte." Stephen blickte uns stirnrunzelnd an. Ein Tag war vergangen, seitdem die Brüder die schwarze Reiterin gesehen hatten, doch die Sache mit dem Kunstwerk, schien sie beide mehr zu beschäftigen. Gemeinsam hatten wir das Gemälde im ersten Stock nochmal angesehen, doch uns war, außer der Sache mit den Beinen, nichts weiter aufgefallen.

Nun befanden wir uns auf einem gemütlichen Ausritt. Whisper schien der zunehmende Wind nervös zu machen, denn sie schlug immer wieder mit dem Kopf und wollte schneller werden. Auch Roxy ließ sich von der jüngeren Stute anstecken.

„Mr. Higgins", behauptete Tara. „Er kommt jedes Jahr hierher und hat vielleicht schon öfter Gemälde ausgetauscht. Sicher malt er sehr gut und verfügt über die entsprechenden Kontakte."

„Nach allem, was wir wissen, wurde das Bild in der Nacht ausgetauscht, in der wir im Pub waren. Temo hat die Fotos vorher am Nachmittag geschossen. Und Peter hat gesagt, er hätte das ihm zugeteilte Gemälde am nächsten Morgen als Erinnerungsstütze abfotografiert", fasste ich zusammen.

Kyle nickte. „Und wer war als Einziger nicht im Pub dabei? Mr. Higgins."

Tara nickte triumphierend.

„Glaube ich trotzdem nicht. Wie Tara gesagt hat, war Mr. Higgins schon häufiger auf Londerry Hall. Auch wenn es jetzt nur durch Zufall bemerkt wurde, eure Großmutter war eine echte Kunstliebhaberin. Ihr wäre es doch aufgefallen, wenn eines ihrer Gemälde nicht mehr das Original gewesen wäre", wandte ich ein.

„Aber sie war auch schon recht alt und konnte eventuell nicht mehr so gut sehen", gab Stephen zu bedenken.

„Irgendwie glaube ich trotzdem, dass es einer der Studenten war", hielt ich dagegen.

„Caitlin hatte schon bei der Gangart den richtigen Riecher, wir sollten die Studenten auf jeden Fall auch in Betracht ziehen." Kyle nickte mir zu. Dankbar für seine Unterstützung lächelte ich.

„Vielleicht solltet ihr die Sache einfach der Polizei überlassen", schlug Tara vor.

Stephen und Kyle lehnten ab.

„Wir haben keinen echten Beweis, außer einem Handyfoto. Und darauf sind die Beine nur ganz winzig zu erkennen", widersprach Stephen.

„Aber ein Kunstspezialist könnte sicher bestätigen, dass dies kein Original ist!" Tara gab noch nicht auf.

„Bestimmt. Aber auch nicht, wie lange es schon dort hängt. Außerdem wäre eine polizeiliche Untersuchung für alle Unschuldigen sehr unangenehm", pflichtete Kyle seinem Bruder bei.

Wir einigten uns darauf, dass wir selbst versuchen wollten, den Täter zu überführen. Sollte uns das nicht gelingen, konnte immer noch die Polizei eingeschaltet werden.

„Wenn es Mr. Higgins nicht war, würde ich am ehesten auf Peter tippen. Er war so erschrocken, als Caitlin ihn auf den Fehler mit den Beinen hingewiesen hat. Vielleicht weil ihm der Fehler da bereits das zweite Mal unterlaufen war?", überlegte Tara.

„Es wäre schon ein Zufall, dass er genau das Gemälde von Mr. Higgins zugeteilt bekommt, das er vorher schon einmal gemalt und gestohlen hat. Er war bestimmt nur erschrocken, weil er schon so viel Arbeit in sein Bild gesteckt hat", meinte Stephen.

„Hm. Eigentlich ist jeder von ihnen verdächtig. Können wir irgendjemanden ausschließen?", fragte ich.

Roxy hatte sich wieder beruhigt und ging mit lang gestrecktem Hals neben Grace her.

Tara nickte. „Ja, Gigi! Sie hat ein eigenes Pferd, ihr wäre der Fehler bestimmt nicht unterlaufen!"

Das erschien uns allen logisch.

„Wenn es Gigi nicht war, war es Toni bestimmt auch nicht", kombinierte ich. „Irgendjemand hat gesagt, dass Gigi immer in Tonis Zimmer schläft. Und die beiden hängen ja wirklich jede freie Minute zusammen!"

Kyle legte die Stirn in Falten. „Andererseits … Vielleicht waren es die beiden gemeinsam", überlegte er laut.

„Ach komm schon!" Die Vorstellung von dem vorlauten Italiener und der quirligen Gigi als Gangsterduo erschien mir zu absurd. „Die beiden haben sich doch hier erst kennengelernt! Da müssten sie schon sehr schnell einen Plan entworfen haben!"

Doch Kyle gab seine Idee noch nicht auf. „Für meinen Geschmack haben sich die beiden etwas zu schnell gut verstanden. Möglicherweise kannten sie sich schon vorher und haben es irgendwie geschafft, gemeinsam hier angenommen zu werden. Zu zweit ginge Vieles leichter! Mit dem Gemälde stimme ich euch zu, aber vielleicht hat Toni es ja gemalt. Außerdem hat Gigi als einzige von den Studenten ein Auto hier. Für sie wäre es ein leichtes, das Bild wegzubringen! Für alle anderen wäre es deutlich schwieriger."

Kyles These erschien schlüssig, das mussten wir zugeben.

„In Krimis ist es immer der, den man am wenigsten verdächtigt. Wer wäre das?", kam es von Stephen.

„Matilda", antwortete Tara spontan. „Sie ist so still und unauffällig."

„Sie scheint aber aus gutem Hause zu kommen", widersprach ich und dachte an den teuren Schmuck, den sie trug.

„Das eine hängt nicht unbedingt mit dem anderen zusammen", entgegnete Stephen. „Wenn wir nach der finanziellen Situation schauen, wäre Temo wohl am verdächtigsten. Er ist der Einzige, der mit einem Stipendium studiert."

Es überraschte mich, dass Stephen davon wusste. Wenn ich ganz ehrlich war, war mir dieser Gedanke auch schon gekommen. Aber ich hatte ihn schnell wieder verdrängt, denn ich mochte Temo.

„Nein, das glaube ich nicht", verteidigte ich ihn auch sofort.

Darauf schien Stephen gewartet zu haben. „Vielleicht hat er sich nur um dich bemüht, dass du genau das sagst."

Jetzt war ich fast etwas beleidigt. „Denkst du, dass Männer nur mit mir flirten, wenn sie ein Alibi brauchen?"

„Kannst du ihm denn eines geben?", bohrte er nach und sah mich durchdringend an.

Ich schüttelte den Kopf. „Nein. Temo hat mich nach Hause begleitet und wir haben noch etwas geredet. Er hat mir die Fotos gezeigt und dann haben wir die schwarze Reiterin gesehen!"

Alle starrten mich an.

„Das hast du noch gar nicht erzählt!", rief Tara überrascht.

„Stimmt. Ich hatte es wohl vergessen. Daraufhin habe ich Temo angeboten, bei mir auf der Couch zu übernachten, aber er wollte zurück nach Londerry Hall."

Kyle pfiff durch die Zähne. „Das macht ihn für mich noch verdächtiger! Eine Nacht bei Caitlin abzulehnen, um in einem unserer Gästezimmer zu schlafen? Aus welchem Grund hätte er das tun sollen, wenn er nicht für diese Nacht etwas anderes geplant hätte?"

„Leute, es ist kein Verbrechen, nicht bei mir schlafen zu wollen!", erwiderte ich etwas genervt.

„Galoppieren wir ein Stück, um den Kopf freizubekommen?", schlug Kyle vor.

Wir anderen nickten und die Pferde fielen in einen schnellen Galopp. Ich versuchte, das ungute Gefühl abzuschütteln, das mich befiel. Es schien tatsächlich Vieles auf Temo hinzudeuten. War er wirklich nur so nett zu mir, damit ich ihn notfalls verteidigen würde?

„Fehlt noch Valerie", stellte Tara fest, als wir unsere Pferde wieder zum Schritt durchpariert hatten. Kyle warf ihr einen warnenden Blick zu, doch es war zu spät.

Stephen zögerte kurz, bevor er zu sprechen begann. „Nein, Valerie war es bestimmt nicht. Sie war die ganze Nacht mit mir zusammen."

Obwohl ich versuchte, dagegen anzukämpfen, füllten sich meine Augen mit Tränen. So war das also!

Ich musste sofort hier weg! Roxy, die noch aufgedreht vom Galopp war, ließ sich das nicht zweimal sagen und rannte los. Mein Blick war verschleiert, doch ich vertraute meiner Stute blind. In meinem Kopf wirbelten die Gedanken durcheinander.

Er war nicht bereit für eine Freundin, doch eine Nacht mit der hübschen Französin zu verbringen, bereitete ihm keine Schwierigkeiten? Er hatte mich einmal geküsst und das offenbar vor einer gewissen Lindsay geheim gehalten? Wer war sie? Mir wurde schmerzlich bewusst, wie wenig ich eigentlich über Stephen wusste. Und wie viel er mir trotzdem schon bedeutete. Zum Glück hatte mein schlaues Pferd einen Weg eingeschlagen, der nach Hause führte.

Nachdem ich den Stall erreicht hatte, nahm ich Roxy rasch das Sattelzeug ab, legte ihr eine Decke auf und brachte sie in ihre Box. Meine Stute kümmerte es wenig, dass ihre Freunde noch nicht da waren. Sie zupfte zufrieden an ihrem großen Berg Heu, während ich ins Haus lief. Der Tatsache, dass ich noch immer meine Reitsachen trug, schenkte ich wenig Beachtung und ließ mich aufs Bett fallen. Dort weinte ich wegen der vielen, widersprüchlichen Gefühle in mir, bis ich das Klappern der andern Pferdehufe draußen vernehmen konnte.

Ich hörte die Stimmen der anderen, verstand aber nicht, was sie sagten. Wenig später stand Tara vor meiner Tür. Nur ungern ließ ich sie herein. Sie nahm mich wortlos in den Arm.

„Ihr müsst miteinander reden, Stephen und du!", sagte sie mit Nachdruck.

„Und was würde das ändern? Er mag mich nicht besonders, sonst würde er doch nicht die erstbeste Gelegenheit ergreifen, eine Nacht mit Valerie alleine zu sein!" Dabei sprach ich Valeries Namen mit dem französischen Akzent aus, mit dem sie redete.

„Nachdem du mit Temo nach Hause gegangen bist?" Tara sah mich leicht anklagend an.

„Wir haben uns nur geküsst", verteidigte ich mich.

„Ihr habt den ganzen Abend miteinander geflirtet. Das ist jedem aufgefallen."

„Er doch auch mit Valerie!" Verletzt starrte ich Tara an. Verhielt sich so eine beste Freundin? „Auf wessen Seite bist du eigentlich?"

Tara verdrehte die Augen. „Ich bin immer auf deiner Seite, Caitlin! Aber versuch, die Situation auch aus Stephens Sicht zu sehen! Kyle sagt, dass Stephen dich sehr gern hat!"

„Du willst doch nur, dass wir uns wieder verstehen, weil du mit seinem Bruder zusammen bist!", unterstellte ich.

Tara zuckte die Schultern. „Ich rede besser mit dir, wenn du dich etwas beruhigt hast!"

Damit verließ sie mein Zimmer und ich fühlte mich noch schlechter. Mein Handy vibrierte. *Bitte, lass uns reden!* Von Stephen.

Als es längst dunkel war, schlich ich nach draußen und besuchte Roxy in ihrer Box. Meine Stute freute sich wie üblich darüber, mich zu sehen, und schnupperte an mir herum, um herauszufinden, ob ich ihr Leckerlis mitgebracht hatte. Da ich noch immer meine Reithose trug, hatte sie Glück. Gedankenverloren kraulte ich ihr die Stirn, bis sie sich wieder ihrem Heu widmete.

„Ach Roxy. Hätte ich Temo doch nur nicht geküsst! Wäre er bloß nicht mit mir hier gewesen! Dann hätte Stephen vielleicht auch nichts mit Valerie angefangen", jammerte ich.

Oder doch? Alleine würde ich keine Antworten auf meine Frage bekommen. Wahrscheinlich war es wirklich an der Zeit, mit Stephen zu sprechen. Ihm zu erklären, wie viel es mir ausmachte, ihn mit Valerie zu sehen. Und um endlich herauszufinden, wer Lindsay war. Ich zog mein Handy heraus, steckte Roxy ein letztes Leckerli zu und tippte eine Nachricht an Stephen. *Okay. Morgen.*

Auch von Temo war eine Nachricht eingetroffen. *Wann sehen wir uns wieder?* Erschöpft seufzte ich.

Auf dem Weg vom Stall zum Haus warf ich automatisch einen Blick nach Londerry Hall. Friedlich stand das majestätische Anwesen auf der Anhöhe. Nur wenige Fenster waren noch erleuchtet.

Kapitel 8

Alte Wunden

Sie träumte, dass sie auf dem Pferd saß und seine hämmernden Hufe hören konnte. Dann wechselte die Szene und sie hörte die verzweifelten Schreie, sah die lodernden Flammen und konnte den Rauch förmlich riechen. Ihre Eltern waren verloren, doch wenigstens ihrer geliebten kleinen Schwester musste sie doch helfen können!

Als ich am nächsten Morgen erwachte, schien die Sonne. Tara und Kyle hatten völlig uneigennützig beschlossen, Stephen und mir die Stallarbeit zu überlassen. Schweigend gaben wir den Pferden ihr Futter und ließen sie hinaus auf die Koppel. Als ich zur Schubkarre greifen wollte, versperrte Stephen mir den Weg.

„Komm schon, Caitlin, lass uns reden."

„Okay, dann sag etwas!"

Stephen hob beschwichtigend die Arme. „Was wirfst du mir eigentlich vor, Caitlin?"

„Bei mir bist du nicht bereit für eine Freundin und mit ihr verbringst du gleich eine ganze Nacht?"

„Du bist doch mit Temo nach Hause gegangen!"

Etwas zerknirscht biss ich mir auf die Lippen. Das stimmte. Und dass wir uns geküsst hatten, hatte er sicher auch schon erfahren.

Stephen blickte plötzlich müde drein. „Zwischen Valerie und mir ist nichts gelaufen. Gar nichts. Nicht einmal ein Kuss."

„Was? Warum?" Jetzt fühlte ich mich tatsächlich ziemlich dämlich.

Stephen lächelte matt. „Es soll Leute geben, die sich nur unterhalten und nicht gleich den nächstbesten Studenten in ihrer Nähe küssen."

Ich lächelte gequält. „Tut mir leid."

„Das muss es nicht", versicherte Stephen. „Schließlich habe ich zu dir gesagt, dass ich nicht bereit für eine Freundin bin. Es ist dein gutes Recht, andere Jungs zu treffen."

„Was ist passiert, dass du keine Freundin haben möchtest?"

Wir waren nach draußen gegangen und die Morgensonne schien uns ins Gesicht. Stephen lehnte sich an den Koppelzaun und sah wie immer umwerfend aus. Es brannte mir auf der Zunge, zu fragen, ob es etwas mit dieser Lindsay zu tun hatte, doch ich beherrschte mich. Ihn jetzt wissen zu lassen, dass ich ein Gespräch zwischen Kyle und ihm belauscht hatte, erschien mir nicht besonders klug.

„Es ist wegen Lindsay", begann er. „Ich hätte dir

längst von ihr erzählen sollen."

„Was ist mit ihr?"

Stephens Augen füllten sich mit Tränen. „Lindsay und ich sind zusammen aufgewachsen. Unsere Mütter waren eng befreundet. Wir haben alles zusammen gemacht. Sie war nur einige Wochen jünger als ich. In dem Sommer, als wir in die achte Klasse kamen, haben wir uns verliebt. Oder zumindest haben wir zu dem Zeitpunkt angefangen, miteinander zu gehen. Es war irgendwie immer jedem klar, dass wir einmal zusammen sein würden. Lindsay Taylor und Stephen Barker. Irgendwann ging das, was wir hatten, eben von bedingungsloser Freundschaft in Verliebtheit und schließlich in Liebe über."

Wegen der Art, wie er von ihr erzählte, ahnte ich, dass etwas Schreckliches passiert war. Es klang nicht so, als hätten die beiden einfach Schluss gemacht.

„Lindsay ritt genauso gerne wie ich, sie war sehr talentiert und hatte vor nichts Angst. Ihr gehörte ein älterer Wallach namens Trooper, den sie zwar abgöttisch liebte, mit dem sie aber nicht mehr an Turnieren teilnehmen konnte. Kyle und ich dagegen hatten in dem Jahr eigene Pferde bekommen. Kyle hatte sich für Magic entschieden, ich besaß einen stattlichen Fuchs namens Jupiter. Er war ein sehr gutes Springpferd und ich stellte ihn auf Turnieren vor. Da ich wusste, wie sehr auch Lindsay davon träumte, bot ich ihr an, dass wir ihn beide auf Turnieren reiten könnten. An einem regnerischen Tag im Juli fand einige Kilometer entfernt ein Springturnier statt. Der Rasen war aufgeweicht, doch Jupiter hatte schlechter Boden nie etwas ausgemacht und Lindsay war fest entschlossen zu reiten."

Sein Gesicht nahm einen schmerzverzerrten Ausdruck an und ich blickte schnell wieder auf unsere friedlich grasenden Pferde.

„Jupiter ist vor einem Sprung ins Rutschen gekommen. Er ist trotzdem abgesprungen, hat das Hindernis aber nicht geschafft und stürzte. Lindsay brach sich das Genick, sie war sofort tot. Auch Jupiter verletzte sich schwer und wurde noch auf dem Turnierplatz eingeschläfert."

„Oh mein Gott. Es tut mir so leid!" Ich schlang meine Arme um Stephen und drückte ihn fest an mich. Plötzlich wirkte er unendlich traurig und zerbrechlich. Mein kindisches Verhalten war mir sehr unangenehm. Er hatte seine Freundin und sein Pferd an einem Tag verloren. Normalerweise endeten Beziehungen in unserem Alter mit einem Streit, auf den eine Trennung folgte, doch Stephen und dieses Mädchen hatten sich geliebt und sie war viel zu früh aus dem Leben gerissen worden.

Stephen bemühte sich, seine Tränen zurückzuhalten, doch ich spürte, wie sein Körper bebte. Langsam ließ ich ihn los.

„Ihre Eltern gaben mir die Schuld und sagten, dass ich sie nicht hätte reiten lassen dürfen. Ich selbst machte mir auch große Vorwürfe."

„Nein, Stephen, das war ein schrecklicher Unfall! Jeder der reitet, weiß, dass so etwas passieren kann!"

Stephen nickte. „Ja. Sie haben sich danach bei mir entschuldigt, aber das änderte nicht mehr viel. Natürlich war ich am Boden zerstört und besuchte auch einige Male einen Therapeuten. Ein Jahr später habe ich Whisper gekauft. Zuerst dachte ich, ich würde nie wieder reiten, aber als ich sie gesehen habe, wusste ich, dass es an der Zeit war, neu anzufangen. Der Umzug hierher kam mir also gerade recht! Und dann traf ich dich!"

Obwohl er immer noch traurig aussah, ließ sein Lächeln meine Knie weich werden.

„Du warst das erste Mädchen, das mich nach Lindsay wieder interessierte. Aber als ich begann, etwas für dich zu empfinden, fühlte ich mich so schrecklich schuldig. An dem Tag, als wir uns geküsst haben, konnte ich einfach nicht widerstehen. Aber ich wusste auch, dass ich auf keinen Fall schon wieder eine Beziehung eingehen konnte."

Ich nickte verständnisvoll. „Natürlich."

„Valerie erzählte mir auf dem Weg vom Pub nach Hause, dass ihr Bruder letztes Jahr bei einem Verkehrsunfall ums Leben kam. Sie hatte ihn in jener

Nacht angerufen und ihn gebeten, sie von einer Party abzuholen. Dabei ist es passiert. Auch sie hat Schuldgefühle und es tat uns beiden gut, mit jemanden zu reden, der etwas Ähnliches erlebt hat."

„Das kann ich mir vorstellen! Es tut mir wirklich leid, dass ich so übertrieben reagiert habe!"

„Schon gut. Es gefällt mir ein bisschen, dass du eifersüchtig warst." Er zwinkerte mir zu.

„Dann ist alles gut zwischen uns?"

Stephen nickte. „Von mir aus schon. Nur … gib mir bitte etwas Zeit!", bat er.

Ich versprach es und hoffte, dass ich auch wirklich die nötige Geduld aufbringen würde. Wir misteten gemeinsam die Boxen aus und Stephen wurde allmählich wieder so wie immer.

Für den Nachmittag hatten wir den Studenten versprochen, mit ihnen zum Strand zu fahren. Wir wollten die Gelegenheit nutzen, mehr über das vertauschte Bild herauszufinden. Wirklich von unserer Liste der Verdächtigen streichen, konnten wir im Moment nur Valerie. Das Wetter blieb genauso schön und war perfekt geeignet für einen Ausflug zum Strand.

Nach dem Mittagessen kam Tara zu mir. Sie hatte offenbar schon von Kyle erfahren, dass sich zwischen Stephen und mir alles wieder eingerenkt hatte, und war nicht mehr sauer auf mich. So schnell Taras Temperament ihre Laune umschlagen ließ, konnte sie sich auch wieder beruhigen.

„Du musst mir alles erzählen!", rief sie und schwang gut gelaunt ihre Badetasche.

Das tat ich auf dem Weg nach Londerry Hall. Stephen und Kyle begrüßten uns mit einem warmen Lächeln und ich stieg rasch zu Tara auf die Rückbank von Stephens Jeep. Verdammt, wie sollte ich mich jetzt den ganzen Nachmittag verhalten? Auf keinen Fall wollte ich Temo wehtun, ihm aber gleichzeitig zeigen, dass ich heute keine Annäherungsversuche von ihm gebrauchen konnte. Mit dem Auto dauerte die Fahrt nicht besonders lange und schon bald waren wir angekommen. Die Studenten folgten im Kleinbus.

Stephen schien meine Gedanken erraten zu haben. „Hab einfach Spaß heute!", raunte er mir zu, als ich aus dem Auto kletterte.

Wegen des warmen Wetters waren wir nicht die Einzigen am Strand und ich stöhnte innerlich auf, als ich Fiona und ihre Clique entdeckte. Kirsty und Fiona warfen sofort interessierte Blicke in unsere Richtung. Brianna, die sich gerade von Samuel den Rücken eincremen ließ, hob nicht einmal den Kopf.

„Wer als erster im Wasser ist!", kreischte Toni. Schwungvoll warf er seine Sachen in den Sand, zog im Laufen sein T-Shirt aus und stürzte sich in die Fluten. Wir lachten und beeilten uns, es ihm gleichzutun. Sofort entstand eine übermütige Wasserschlacht.

Kurze Zeit später kamen auch Fiona und ihre Freunde dazu und stellten sich den Studenten vor. Zu einem anderen Zeitpunkt wäre ich wahrscheinlich sauer auf Fiona gewesen, die sofort begann mit Temo zu flirten, doch heute war ich froh, dass sie ihn von mir ablenkte.

Ich tat, was Stephen mir geraten hatte, und genoss den Tag. Wir benahmen uns wie kleine Kinder und für beinahe eine Stunde vergaß ich, dass einer von ihnen meine Freunde bestohlen hatte. Einen kurzen Moment hielt ich inne und sah sie an. Gigi und Toni, die sich gerade im Wasser küssten. Temo, der Fiona nass spritze und ihr sein umwerfendes Lächeln schenkte. Peter, der von Kirsty unter Wasser getaucht wurde. Matilda, die etwas abseits schwamm und die Wellen zu genießen schien. Sie verhielt sich wirklich auffällig unauffällig. Valerie nicht, sie befand sich zwischen Kyle und Stephen und trug einen äußerst knappen Bikini, der ihren wohlgeformten Körper wunderbar zur Geltung brachte.

„Hey, träumst du?" Tara schubste mich von hinten an und tauchte mich unter Wasser. Lachend tauchten wir wieder auf und schon bald war die nächste Wasserschlacht im Gange. Als Matilda nach draußen ging, folgte ich ihr. Während ich mich abtrocknete, tippte sie mit gerunzelter Stirn auf ihrem Handy herum.

„Alles in Ordnung?"

Sie sah rasch auf und drückte den Chat weg. „Ja, ich denke schon." Die junge Schwedin lächelte etwas zerstreut.

Langsam ließ ich mich neben sie auf ein Handtuch sinken. „Wenn du über irgendetwas reden möchtest, bin ich gerne für dich da", bot ich an.

Matilda lächelte dankbar. „Danke, du bist sehr nett, Caitlin! Aber ich fürchte, dass du mir dabei auch nicht helfen kannst."

Ich horchte auf.

„Meine Freundin in Schweden …", begann sie. Unsicher sah die junge Frau mich an. „Also ich meine, ich lebe in Schweden mit einer Frau zusammen. Ich verdiene mir nebenbei etwas Geld als Model und vor einem Jahr kam ich mit einer meiner Fotografinnen zusammen. Als wir uns häufig sahen, war alles in Ordnung, aber jetzt kommt es mir vor, als wäre sie in einer anderen Welt. Ich weiß nicht, ist wahrscheinlich dumm von mir, aber sie hat jeden Tag viele hübsche Mädchen vor der Kamera und ich bin so weit weg."

Beinahe war ich enttäuscht. Matilda hatte Liebeskummer, deshalb wirkte sie manchmal etwas distanziert und abgelenkt. Das Gemälde hatte sie bestimmt nicht gestohlen. Sie sah mich stirnrunzelnd an.

„Du siehst irgendwie enttäuscht aus, Caitlin. Ich weiß, dass ihr hier sehr katholisch erzogen seid. Stört es dich etwa, dass ich mit einer Frau zusammen bin?"

„Oh nein, natürlich nicht!", beeilte ich mich zu sagen. Im nächsten Augenblick kamen die anderen aus dem Wasser und um uns herrschte rege Betriebsamkeit.

Fiona, Kirsty, Brianna und Samuel trugen ihre Sachen zu uns und bald lagen wir in einem großen Kreis auf unseren Handtüchern. Irgendjemand machte Musik an, wir tranken unsere mitgebrachten Getränke und aßen Kekse.

„Und, hat einer von euch die schwarze Reiterin wieder gesehen?", fragte Kirsty gespannt in die Runde. Offenbar hatte sie irgendwie davon erfahren.

Temo nickte eifrig und erzählte ausführlich, wie sich die schwarze Reiterin uns gezeigt hatte. Dass wir dabei alleine gewesen waren, konnte man nur zu deutlich heraushören und Fionas säuerlicher Blick streifte mich.

„Ich frage mich, warum sie gerade jetzt häufiger gesichtet wird", überlegte Brianna.

„Der Legende nach, sieht man sie, wenn ein Unheil bevorsteht", meinte Samuel.

„Ich dachte, dass dem, der sie häufiger sieht, etwas Schlechtes widerfahren soll", warf Fiona ein.

„Also ich habe es immer so verstanden, dass sie mit ihrem Erscheinen die Bewohner des Dorfes vor einem Unglück warnen möchte", widersprach Kirsty. „Außerdem hängt es vielleicht damit zusammen, dass wieder jemand auf Londerry Hall lebt, der ein schwarzes Pferd besitzt."

„Das ist eine interessante Theorie!" Offenbar hatte sie damit Kyles Interesse geweckt.

Wir alle hörten Kirsty aufmerksam zu, als sie weitersprach. „Auch die Namen stehen irgendwie in einer Verbindung zueinander.

„Wie meinst du das?", wollte Stephen wissen.

„Das Pferd von Blair hieß Ciar. Das ist altirisch und bedeutet so viel wie schwarzhaarig oder dunkelhäutig. Also auf jeden Fall dunkel. Und dein Pferd heißt Black Magic, Kyle. Schwarze Magie."

„Das ist echt spannend!", rief Gigi.

Über die Namen der Pferde hatte ich mir nie Gedanken gemacht.

„Manchmal scheinen Geister aus der Vergangenheit durch Parallelen in der Gegenwart angezogen zu werden. Von solchen Fällen hört man tatsächlich manchmal", gab Valerie etwas widerwillig zu.

„Es gibt allerdings noch ein schwarzes Pferd, das neu ins Dorf gekommen ist. Kurz bevor die schwarze Reiterin gesehen wurde", sagte Tara mit einem Seitenblick auf Fiona. Diese warf ihr einen ärgerlichen Blick zu. „Was soll das heißen?"

„Auch der Name deines Pferdes, Nightstar, hat etwas mit Dunkelheit zu tun."

„Ja, das passiert bei schwarzen Pferden wohl häufig!", gab Fiona schnippisch zurück.

„Vielleicht möchte die schwarze Reiterin dich vor einem Unglück bewahren. Dein Pferd scheint ja nicht ganz einfach zu sein", gab Kyle vorsichtig zu bedenken.

„Nightstar braucht nur noch etwas Training! Außerdem hat sich die schwarze Reiterin mir noch überhaupt nicht gezeigt! Caitlin hingegen schon häufiger, nicht wahr?" Fiona zog eine Augenbraue hoch.

Als hätten unsere Gespräche Schatten heraufbeschworen, zogen plötzlich dunkle Wolken über den Himmel und brachten einen unangenehmen, kühlen Wind mit sich, der uns dazu veranlasste, unsere Sachen zu packen. Während ich meine Tasche im Auto verstaute, dachte ich noch mal über Fionas Worte nach. Stand mir wirklich ein Unheil bevor? Galt die Warnung unserem ganzen Dorf? Oder war die schwarze Reiterin aufgetaucht, weil sie uns vor dem Diebstahl ihres Bildes warnen wollte?

Kapitel 9

Detektivarbeiten

Unruhig blickte das Mädchen hinauf zu den Wolken. Nicht zum ersten Mal keimten in ihr Zweifel an ihren Taten. Doch ein Gedanke an ihr schnelles, schwarzes Pferd reichte aus, um sie selbst davon zu überzeugen, dass dies der einzige Weg war.

Am nächsten Morgen saßen wir zu viert in der Sattelkammer. Von oben prasselte heftiger Regen auf das Dach.

„Also ich denke nicht, dass es Matilda war." Rasch erzählte ich den anderen von unserem kurzen Gespräch gestern am Strand.

„Sie steht auf Frauen? Was für ein Verlust für die Männerwelt!", meinte Kyle gespielt traurig.

Tara knuffte ihn in die Seite. „Na gut, dann hat sie eben Liebeskummer. Oder die Geschichte ist nur erfunden. So ganz streichen können wir sie trotzdem nicht."

Stephen blickte resigniert drein. „Eigentlich sind wir keinen Schritt weiter. Es ist zwar etwas armselig, aber was haltet ihr davon, wenn wir die Zimmer der Studenten und von Mr. Higgins durchsuchen?"

Kyle runzelte die Stirn. „Du meinst, einer von ihnen hat das Bild unterm Bett versteckt?" Er sah seinen Bruder belustigt an.

„Es aus Londerry Hall herauszuschmuggeln, wäre schwierig, also vielleicht befindet es sich in einem der Zimmer", verteidigte sich Stephen.

„Ihr wollt wirklich in ihren Schlafzimmern schnüffeln und die Klamotten durchwühlen?", vergewisserte sich Tara.

„Hat jemand eine bessere Idee?" Kyle schien Gefallen an dem Plan seines Bruders gefunden zu haben und sah auffordernd in die Runde. Wir schüttelten ratlos die Köpfe.

„Mum ist heute Nachmittag einkaufen, die Studenten sind alle auf einem Ausflug. Wir hätten das Haus also für uns. Wie sieht's aus? Seid ihr dabei?" Stephen sah uns mit einem Blick an, dem ich ohnehin nicht widerstehen konnte.

Am frühen Nachmittag liefen Tara und ich durch den Regen nach Londerry Hall.

Kyle öffnete die Tür. „Bereit für die große Hausdurchsuchung?", fragte er grinsend und wedelte mit einem Schlüsselbund. „Wir haben Ersatzschlüssel für jedes Zimmer im Haus!"

Tara und ich lächelten anerkennend.

Stephen sah Kyle giftig an. „Könntest du es bitte ein bisschen ernster nehmen?", bat er.

Kyle tat, als würde er schuldbewusst den Kopf einziehen, grinste aber weiter.

„Okay, Kyle und ich untersuchen die Räume auf der rechten Seite. Also die Zimmer von Valerie, Temo und Matilda. Ihr nehmt die linke Seite, also Gigis, Peters und Tonis Zimmer", ordnete Stephen an, während wir die Treppe hinaufstiegen.

Tara und ich nickten gehorsam. Wir hatten uns entschieden, Valeries Zimmer trotzdem zu durchsuchen, auch wenn wir sie eigentlich ausschließen konnten. Theoretisch könnte schließlich auch sie mit einem der anderen gemeinsame Sache machen.

Zuerst gingen wir in Tonis Zimmer, dem ersten Zimmer links, während Kyle und Stephen in Matildas Kammer verschwanden, die direkt gegenüberlag. Toni schien nicht der ordentlichste zu sein, überall lagen verschiedene Utensilien herum, Klamotten, Zeichensachen, Schuhe und jede Menge anderer Kram.

„Sieht aus, als wolle er hier nie wieder ausziehen", meinte ich. Tara und ich sahen unter dem Bett nach, im Schrank und sogar unter der Matratze, doch bald wussten wir nicht mehr, wo wir noch suchen sollten, und verließen das Zimmer. Mein Blick fiel auf das falsche Bild, das genau zwischen den Türen von Toni und Peter hing.

„Er und Peter hätten es auf jeden Fall am einfachsten, es zu stehlen", bemerkte ich. „Außerdem wollte Toni unbedingt dieses Zimmer. Auch wenn er damals behauptet hat, er wolle es wegen der Nähe zur Treppe."

„Hm, das ist interessant", meinte Tara und öffnete die nächste Tür. In Peters Zimmer herrschte eine komplett andere Atmosphäre als bei Toni. Dieses Zimmer war vorbildlich aufgeräumt, nichts lag auf dem Boden.

„Aha!", machte Tara und hielt mit einem breiten Grinsen einige Männermagazine in die Höhe, die sie auf dem Nachttisch gefunden hatte.

Ich lachte.

„Das dachte ich mir!", behauptete sie und legte die Zeitschriften sorgfältig wieder zurück. Sonst konnten wir auch hier nichts Interessantes entdecken. Wir kamen genau zeitgleich mit den Jungs auf dem Gang an, die gerade das Zimmer von Temo verließen.

„Nichts", sagte Stephen und gab sich wenig Mühe, seine Enttäuschung zu verbergen.

„Hier auch nicht", meldete Tara. Wir gingen in Gigis Zimmer, während die Brüder sich das von Valerie vornahmen. Bei allen Zimmern hatte ich ein schlechtes Gewissen, am meisten jedoch bei Gigis. Sie betrachtete ich beinahe schon als Freundin. Tara schien das weniger zu interessieren, sie durchwühlte bereits Gigis

Schrank. Zuletzt inspizierten wir zu viert das Zimmer von Mr. Higgins.

Später saßen wir niedergeschlagen in der Küche von Londerry Hall und rührten in Tassen voller heißer Schokolade. Unsere Zimmerdurchsuchungen waren erfolglos gewesen.

„Na ja", meinte ich. „Wer immer es genommen hat, wäre schön blöd, wenn er es hier lassen würde! Wenn ich das Bild geklaut hätte, würde ich es schnellstmöglich von Londerry Hall wegschaffen."

Die anderen nickten. Es wäre wirklich unlogisch, es im Haus zu lassen. Aber irgendetwas hatten wir schließlich tun müssen.

„Mal angenommen, es waren nicht Gigi oder Mr. Higgins. Jeder von den anderen müsste mit dem Bild in seine Heimat zurückfliegen. Das würde am Flughafen oder schon beim Verladen in den Minibus sofort auffallen", gab Kyle zu bedenken.

Da hatte er recht.

„Außer jemand verkauft es direkt hier auf der Insel weiter", überlegte Stephen.

„Aber wer von den Studenten kennt jemanden aus Irland, dem er ein gestohlenes Bild verkaufen könnte?", fragte Tara. „Das müsste alles von langer Hand geplant worden sein und eigentlich konnte sich von den Studenten keiner sicher sein, dass er wirklich nach

Irland fliegen würde. Eure Großmutter hat das doch nicht so lange vor ihrem Tod entschieden. Und in der Zeit einen zwielichtigen Händler oder Privatkäufer aufzutreiben, ist relativ unwahrscheinlich."

„Stimmt." Stephen sah sie stirnrunzelnd an, trank seine Tasse leer und stand auf, um uns allen nachzuschenken.

Wir saßen noch eine Weile herum, bis ein Taxi vor dem Eingang hielt. Peter stieg aus und sah noch blasser aus als sonst. Der junge Mann schien überrascht, uns zu sehen.

„Mir ging es auf dem Ausflug nicht besonders gut, ich habe ihn deshalb vorzeitig beendet. Sorry Leute, aber ich werde mich jetzt ins Bett legen", meinte er und ging mit schleppenden Schritten die Treppe hinauf.

„Sehr verdächtig!" Stephen sah ihm skeptisch hinterher.

Kyle zog eine Augenbraue nach oben und schien die Meinung seines Bruders zu teilen.

„Ich lasse ihn heute nicht mehr aus den Augen", verkündete er und drehte seinen Sessel so, dass er in Richtung Treppe sehen konnte.

Tara lachte. „Wie willst du das anstellen? Mit ihm gemeinsam in seinen Zeitschriften blättern?"

Kyle streckte seiner Freundin die Zunge hinaus.

Ich scrollte gedankenverloren auf meinem Handy,

als mir ein Termin ins Auge sprang.

„Tara, wir sind für dieses kleine Reitschulturnier nächste Woche auf Three Oaks gemeldet!", rief ich erschrocken und verglich rasch noch einmal das Datum mit dem heutigen.

Sie sah mich mit großen Augen an. „Ups. Daran hatte ich ja überhaupt nicht mehr gedacht!"

„Ich auch nicht!"

Stephen blickte uns interessiert an. „Welches Reitschulturnier?"

„In der Three-Oaks-Reitschule im Nachbarort findet ein kleines Springturnier statt, wirklich nur Springen, keine Geländestrecke, keine Dressur. Wir hielten es für eine gute Vorbereitung für das Herbstturnier, haben es aber komplett vergessen!", erklärte ich.

„Ach, ihr seid ja gut in Form, das wird schon!" Er zwinkerte aufmunternd.

„Vielleicht können wir uns auch noch anmelden?" Kyle schien ebenfalls interessiert und holte sofort sein Tablet heraus.

Und schon schenkte niemand der Treppe nach oben mehr Aufmerksamkeit. Die beiden Jungs mussten eine höhere Startgebühr entrichten, konnten sich aber noch anmelden.

„Wir sollten vorher auf jeden Fall auf einem Springplatz trainieren!", meinte Stephen.

Tara nickte und rief sogleich bei Fionas Mutter an,

um sie um Erlaubnis zu bitten. Für die Benutzung des Springplatzes und der Reithalle verlangten Fionas Eltern einen kleinen Betrag, die Geländestrecke durften wir umsonst benutzen.

„Wir dürfen nächste Woche dreimal kommen. Morgen Vormittag können wir schon beginnen!"

Am nächsten Morgen war das Wetter etwas besser, es schien zwar keine Sonne, aber es regnete auch nicht. Gut gelaunt striegelte ich Roxys Fell, bis es wie eine polierte Kastanie glänzte und legte ihr eine frisch gewaschene Satteldecke auf. Dann ritten wir fröhlich ans andere Ende des Dorfes zum Reitstall der Callaghans.

Wir kamen gerade rechtzeitig, um eine völlig abgekämpfte Fiona auf einem schwitzenden Nightstar anzutreffen. Zwar sah das große, tänzelnde Pferd sehr beeindruckend aus, doch ich hätte um nichts in der Welt mit Fiona tauschen wollen.

Ihre Mutter begrüßte uns und redete dann weiter auf ihre Tochter ein. „So wird das nichts, Fiona! Du musst ihn endlich unter Kontrolle bekommen! Das schärfere Gebiss hat jedenfalls nicht geholfen! Nächstes Mal nimmst du wieder das andere!"

Fiona nickte gehorsam. „Ich weiß nicht, woran es liegt, Mama! Aber ich glaube, er ist etwas ruhiger, seit wir ihn über Nacht auf der Koppel lassen."

Mrs. Callaghan nickte. „Ja, das finde ich auch.

Trotzdem, das muss bis nächste Woche besser werden! Sonst bleibt uns nichts anderes übrig, als ihn zurückzuziehen und dich nur mit Fair Lady starten zu lassen!"

Fiona nickte erneut. Sie sah uns kurz an und verließ dann den Reitplatz.

„Sie tut mir fast schon leid!", sagte ich und tätschelte Roxy den Hals. Unser Training verlief wesentlich erfolgreicher als das von Fiona und wir waren guter Dinge für das Turnier. Angelockt durch unsere Anwesenheit erschienen auch Brianna, Kirsty und Samuel.

„Hey, seid ihr nächstes Wochenende auch dabei?" Samuel winkte zu uns herüber.

Wir nickten und wie so oft fragte ich mich, warum ein netter Junge wie Samuel, eine solche Zicke wie Fiona zur Schwester hatte.

„Wir haben gehört, dass James Priscott nach Three Oaks und zum Herbstturnier kommen soll. Er wird sich dieses Jahr das erste Mal jemanden aussuchen, der zwei Wochen mit ihm auf seinem Gestüt trainieren darf. Völlig umsonst!", verkündete Brianna aufgeregt.

Das war uns neu.

„Tatsächlich? Das ist ja toll!" Tara wirkte ganz aufgeregt. „Da wird sich jeder doppelt anstrengen!"

Brianna nickte. „Ja! Er ist ein unglaublich guter Reiter und sieht auch noch ganz gut aus!"

„Er ist viel zu alt", warf Kirsty ein.

Brianna wischte diese Tatsache mit einer Handbewegung und einem Lachen weg. „Ach, die zwanzig Jahre!"

„Hey, dir ist schon klar, dass ich neben dir stehe?", zog Samuel seine Freundin auf. Er wusste wie wir alle, dass sie es nicht ernst meinte.

„Du bist doch der Einzige für mich!", gurrte sie und gab ihm einen Kuss.

Fiona hatte Nightstar in seine Box gebracht und gesellte sich zu uns. „Ihr sprecht über James Priscott? Nun, er wird höchstwahrscheinlich jemanden mit einem vielversprechenden Springpferd auswählen. Caitlin, Tara, es tut mir leid, aber eure beiden ausrangierten Rennpferde haben wohl keine großen Chancen."

„Immerhin bekommen wir unsere Rennpferde anständig über die Hindernisse!", giftete Tara zurück.

„Es werden viele Reiter da sein, die Wahrscheinlichkeit, dass er jemanden von uns auswählt, ist ohnehin sehr gering!", versuchte Samuel zu schlichten. „Außerdem machen Roxy und Grace eine gute Figur auf dem Parcours und sind im richtigen Alter, um weiter gefördert zu werden!", fügte er hinzu und lächelte entschuldigend.

Wir verabschiedeten uns schnell und malten uns auf dem Heimweg aus, wie es wohl wäre, mit James Priscott trainieren zu können. Er war in unserer Gegend ein wirklich bekannter Springreiter und Eigentümer eines großen Gestütes.

„Von einem echten Experten wie ihm beurteilt und trainiert zu werden, wäre der Hammer!", fand Kyle und tätschelte Magic den Hals.

Irgendetwas bewirkten Kyles Worte in meinem Kopf. Von einem Experten beurteilt. Genau! „Leute, ich habe eine Idee, wie wir den Bilderdieb vielleicht überführen können!"

Kapitel 10

Ein gefährlicher Ritt

Gehetzt sah sie über die Schulter. Niemand hatte sie ent-
deckt. Heute hatte sie keine Zeit für einen Ritt durch die
Nacht. Als das große, schwarze Pferd zu ihr trat, strich sie
ihm lediglich kurz über die Nüstern und flüsterte ihm einige
liebevolle Worte zu.

Die Woche verging wie im Flug, wir trainierten fleißig
und machten uns am Samstag bei bestem Wetter auf
den Weg zur Three-Oaks-Reitschule. Da sie nur etwa
eine Stunde entfernt lag, wollten wir die Strecke reiten.
Patricia und die Studenten hatten versprochen zu
kommen, und wir hatten den Jeep mit allem beladen,
was wir auf dem Turnier brauchen würden.

Gut gelaunt und angeregt plappernd ritten wir zu
viert nebeneinander auf einem breiten Feldweg. Roxy
war in guter Form. Vor mir bog sich elegant ihr Hals,
die Mähne hatte ich zu ordentlichen, kleinen Zöpfchen
geflochten. Die Ledersachen hatten wir gestern bis in
die späten Abendstunden gewienert.

„Alles vorbereitet für den Abend?", vergewisserte ich mich.

Die Jungs nickten.

„Ja! Heute Abend nach dem Turnier gibt es ein großes Essen auf Londerry Hall. Wir werden unsere Geschichte erzählen – Mum ist eingeweiht – und ihr werdet ganz lange sitzen bleiben und unseren hoffentlich erfolgreichen Tag mit uns feiern!", fasste Kyle zusammen.

„Perfekt!" Ich rieb mir gedanklich die Hände. Hoffentlich würde mein nicht ganz wasserdichter Plan funktionieren. Er war mir im ersten Moment ziemlich genial erschienen, doch bei genauer Betrachtung hatte er einige Schwachstellen. Wenn es uns nicht gelingen sollte, den Dieb zu überführen, würde Patricia am Montag die Polizei einschalten, bevor die Studenten Ende nächster Woche abreisten.

Auf dem Gelände von Three Oaks herrschte bereits rege Betriebsamkeit. Die drei mächtigen Eichen, von denen die Reitschule ihren Namen hatte, schienen über das Areal zu wachen. Überall waren Pferdetransporter geparkt und man konnte Pferde unterschiedlicher Rassen und Größen beobachten. Es war nur ein kleines Turnier, doch auch hier herrschte die typische Atmosphäre, die mich immer wieder begeisterte. Fiona und ihr Team waren mit ihrem protzigen Turnierlastwagen angereist. Daran angebunden standen fünf Pferde. Fiona hatte also tatsächlich Fair Lady und Nightstar mitgebracht. Wenn das mal gut ging!

Ich stieg ab, drückte Tara Roxys Zügel in die Hand und machte mich auf die Suche nach der Meldestelle. Dort wurde ich freundlich begrüßt, nannte unsere Namen und erhielt die Startnummern. Rasch überflog ich den Zeitplan und fotografierte ihn mit dem Handy ab.

Es gab verschiedene Klassen, Stephen mit Whisper und Fiona auf Nightstar hatten vor, in einer leichten Prüfung zu starten. Mit ihrem zweiten Pferd Lady würde Fiona, gemeinsam mit ihrem Team, und dem Rest von uns in einer schwierigeren Klasse antreten.

Die anderen wurden bereits von Patricia, Mr. Higgins und den Studenten umzingelt. Gigi hatte Roxys Zügel ergriffen und ließ meine inzwischen etwas aufgeregte Stute um sich kreisen. Dankend übernahm ich sie wieder.

„Stephen, deine Prüfung beginnt in dreißig Minuten, du bist der elfte Starter", teilte ich ihm mit.

Stephen nickte und sprang vom Pferd, um seinen Parcours abzugehen.

Patricia umfasste die Zügel der jungen Stute.

Als Stephen zurückkam und sein Pferd in Richtung

Abreiteplatz dirigierte, wieherte Whisper aufgeregt nach den anderen Pferden, gehorchte jedoch ihrem Reiter. Hatten der talentierte, junge Mann und seine schöne Stute eine echte Chance bei James Priscott?

Kyle war abgestiegen und hatte Tara die Zügel von Magic überlassen. Meine Freundin stand also auf Zehenspitzen zwischen ihrer weißen Stute und dem schwarzen Wallach und blickte auf den Parcours. Ich saß wegen besserer Sicht bereits im Sattel.

Während Stephen mit seiner hübschen Apfelschimmelstute einritt, konnte ich nicht anders, als die beiden zu bewundern. Whispers Mähne war geflochten, sie kaute fleißig auf dem Gebiss und wandte die kleinen Ohren in Richtung ihres Reiters. Der saß selbstsicher und wie angegossen in seinem frisch polierten Sattel.

„Stephen Barker auf Whisper", kündigte der Sprecher an.

Wir wussten, dass Stephen Wert auf eine saubere Runde legte und Whisper nicht zu sehr antreiben würde. Sie hatte von Natur aus einen flotten Galopp und die beiden schafften tatsächlich eine fehlerfreie Runde.

Dann war Fiona an der Reihe. Sie und Nightstar waren das komplette Gegenteil, beide wirkten, als seien sie bereits mit ihren Nerven am Ende. Fiona schaffte es irgendwie, den Wallach zum Grüßen ruhig zu halten, dann schoss er los wie eine Rakete. Sie segelten in einem ordentlichen Tempo und mit viel Luft dazwischen über die ersten fünf Hindernisse, danach folgte eine enge Wendung. Ich hielt, wie wohl die meisten anderen Zuschauer, erschrocken die Luft an. Diese Wendung in einem solchen Tempo zu nehmen, konnte unmöglich gut gehen.

Nightstar geriet ins Straucheln und versuchte, aus dem Stand über das nächste Hindernis zu springen, doch er landete mitten in den Holzstangen.

Fiona konnte sich nicht mehr im Sattel halten und stürzte wie eine Puppe in ein buntes Mikado aus Stangen.

Der Wallach wirkte zu Tode erschrocken, rappelte sich auf und raste in Richtung Absperrung. Er steuerte geradewegs auf eine Lücke in den Zuschauern zu und sprang mit einem enormen Satz, nicht allzu weit von uns entfernt, über die Umzäunung.

„Die Straße!", schrie Tara und deutete wild hinter uns.

Ich hatte Roxy bereits gewendet und trieb sie aus dem Stand in einen schnellen Galopp. Hinter der Wiese lag eine stark befahrene, schwer einsehbare Straße. Die Autofahrer würden das große, schwarze Pferd erst bemerken, wenn es mit ihrem Auto zusammenprallte.

Die Illusion, dass ich Nightstars Zügel in vollem Galopp packen und ihn bremsen konnte, hatte ich nicht. Aber ich wollte versuchen, ihm den Weg abzuschneiden und ihn in einem großen Bogen wieder zum Turnierplatz zu treiben. Oder irgendwo anders hin, nur weg von der Straße.

Meine wunderbare Stute flog nur so unter mir dahin und machte ihrem Training als Rennpferd alle Ehre.

Ich war mir sicher, dass ich nie zuvor in meinem Leben so schnell geritten war. Die einzelnen Galoppsprünge konnte ich kaum spüren, es fühlte sich eher an, als säße ich oben auf einem Schnellzug.

Kurz sah ich nach unten und mir wurde leicht übel, als ich registrierte, wie schnell das Gras unter uns vorbeizog. Rasch richtete ich den Blick wieder nach vorn. Roxy hatte eine weitere Strecke zurückzulegen als Nightstar, der keinen Reiter tragen musste, und von den unkontrolliert gegen seinen Bauch schlagenden Steigbügeln angetrieben wurde.

„Komm schon, Mädchen!", rief ich und Roxy schien noch schneller zu werden. Wie ein Jockey, tief über ihren Hals geduckt, saß ich da und wünschte mir verzweifelt, dass wir schneller waren als der große Rappe.

Ein Gedanke setzte sich trotz der halsbrecherischen Geschwindigkeit in meinem Hinterkopf fest: Ich hatte die schwarze Reiterin zu oft gesehen. Das hier konnte nicht gut gehen! Bestimmt hatte sie versucht, mich davor zu warnen! Dessen war ich mir plötzlich ganz sicher. Roxy spürte mein Zögern und wurde eine Spur langsamer.

„Nein, komm schon, schneller!"

Einen kleinen Abschnitt der Straße konnte ich bereits sehen. Nightstar hatte sie fast erreicht.

Roxy mobilisierte all ihre Kräfte und schob sich neben den Wallach. Neben uns hupte ein Auto und ich hörte das Quietschen von Bremsen. Noch nie hatten sich Bremsen für mich so nahe und so bedrohlich angehört. Doch ich hatte mein Ziel erreicht. Das schwarze Pferd war gezwungen, seine Richtung zu ändern, und wir galoppierten eine große Wendung. Die Stute neben ihm schien ihn etwas zu beruhigen und er verfiel in einen langsameren Galopp und schließlich in einen Trab. Ich lehnte mich hinüber und schaffte es nach einigen Versuchen, einen gerissenen, herabhängenden Zügel zu ergreifen.

Wir atmeten alle schwer und ich war unendlich erleichtert, als eine Gruppe Menschen vom Turnierplatz auf uns zukam. Irgendjemand nahm mir Nightstar ab und ich ließ mich erschöpft und mit zitternden Knien aus dem Sattel gleiten. Stephen war da und hielt mich fest, als ich schwer atmend auf festem Boden stand. Er sah mich mit einer Mischung aus Besorgnis und Bewunderung an und küsste mich auf die Stirn.

Plötzlich war ich umringt von meinen Freunden

und fremden Menschen, die mir zu meinem schnellen Ritt gratulierten. Benommen führte ich Roxy zurück zum Turnierplatz. Gigi brachte eine leichte Decke für meine Stute und Toni schob einen Klappstuhl neben mich. Offenbar war ich ziemlich blass geworden.

„Was ist mit Fiona?", erkundigte ich mich.

Tara lächelte beruhigend. „Sie hat sich nichts getan, einige Prellungen, aber sie ist gleich wieder aufgestanden und möchte auf jeden Fall noch mit Fair Lady starten."

Ich seufzte erleichtert.

Stephen brachte mir eine Cola und ging neben mir in die Hocke. „Das war unglaublich, Caitlin Dunne! Du bist eine Heldin!" Er strich mir eine nass geschwitzte Haarsträhne aus dem Gesicht.

„Wirklich fantastisch, Caitlin! Vielleicht solltest du auf das Herbstturnier verzichten und dich stattdessen beim Kentucky Derby anmelden?", scherzte Kyle.

Mein Blick glitt an meinen schlammverschmierten Stiefeln hinunter und ich fühlte mich überhaupt nicht heldenhaft. Als ich wieder aufblickte, standen Fiona und ihre Mutter vor mir. Beide bedankten sich aufrichtig und versicherten, dass Pferd und Reiterin unverletzt waren.

„Caitlin, wir möchten dir herzlich danken! Komm so oft du willst zum Reitstall, du musst nie wieder etwas für das Training bei uns bezahlen!", bot Mrs.

Callaghan an.

Erstaunt blinzelte ich. „Vielen Dank, das ist sehr großzügig."

„Das ist das Mindeste, was wir tun können!"

„Wirst du noch am Turnier teilnehmen?", fragte Fiona.

Ich lächelte zaghaft. „Wenn du nach diesem Sturz noch reitest, kann ich nach einem kleinen Galopp doch nicht aufgeben!"

Wir lächelten uns an und es war vielleicht das erste echte Lächeln, das es je zwischen uns gegeben hatte.

„Stephens Siegerehrung fängt gleich an", meldete Tara.

Fiona und ich wünschten uns gegenseitig Glück, dann beeilte ich mich, um die Siegerehrung nicht zu verpassen. Stephen hatte es in seiner Klasse tatsächlich auf einen beachtlichen vierten Platz geschafft und nahm glücklich seine Schleife in Empfang. Nach einer kurzen Pause wurde der umgebaute Parcours für uns zur Besichtigung freigegeben. Stephen kam mit uns, während die Studenten unsere Pferde hielten.

Als wir den Platz wieder verließen und mir einfiel, dass ich dringend meine Stiefel putzen musste, trat James Priscott an meine Seite. „Das war ein beeindruckender Ritt, junge Dame! Du und dein Pferd seid ein gutes Team!"

„Ähm, vielen Dank", stotterte ich überrascht. Er

war kleiner, als ich ihn mir vorgestellt hatte, strahlte jedoch eine Menge Autorität aus.

„Viel Erfolg beim Turnier!", wünschte er und winkte freundlich.

„Vielen Dank!", wiederholte ich, nicht besonders wortgewandt.

Gigi hatte Roxys Beine für mich gesäubert und übergab mir ein sauberes, recht entspannt wirkendes Pferd.

„Tausend Dank, Gigi!"

Sie grinste fröhlich. „Sehr gerne! Heldenpferden putze ich doch mit Vergnügen den Schlamm von den Füßen!"

Gigi konnte unmöglich die Diebin des Gemäldes sein. Oder?

„Wer ist das denn?", wollte Kyle wissen und nickte mit dem Kopf in eine Richtung. Ich folgte seinem Blick zu einem riesigen, gescheckten Pferd und seiner Reiterin mit zwei Zöpfen. Das Pferd hatte seine viel zu langen Ohren zur Seite geklappt, schonte ein Hinterbein und die Unterlippe hing träge herab. Eindeutig nicht das hübscheste Pferd auf dem Turnierplatz, doch ich wusste, dass man dieses Paar nicht unterschätzen durfte. Die Reiterin hatte vom Rücken ihres großen Pferdes einen guten Überblick über das Turniergeschehen. Sie saß lässig im Sattel, hatte in einer Hand einen Hotdog und in der anderen eine Flasche Wasser.

Die Zügel lagen lose auf dem Hals ihres Pferdes.

„Das ist Erin Langley von der Langley Farm mit ihrem Pferd Newport. Sie sind hier und auf dem Herbstturnier einer unserer größten Konkurrenten", verriet ich Kyle.

Der lachte auf. „Ja klar!"

Tara hatte mitgehört. „Nein, wirklich! Newport ist ein klasse Pferd! Die Langleys besitzen eine große Schaffarm. Als einer ihrer Kunden seine Schulden nicht begleichen konnte, schenkte er ihnen stattdessen dieses Pferd als Jährling. Mr. Langley hat drei Töchter und bis zu diesem Tag hatten sie nur ein altes Connemarapony. Sie begannen Newport fürs Springen zu trainieren, nachdem er als zweijähriger bereits all ihre Zäune zum Spaß übersprungen hatte!", erzählte Tara munter.

Die Brüder sahen immer noch skeptisch aus.

„Wieso haben wir sie noch nie in der Schule gesehen?", fragte Stephen.

„Die Langleys sind sehr gläubig. Alle drei Mädchen besuchen ein katholisches Internat und kommen nur an den Wochenenden nach Hause. Erin ist die mittlere, daneben steht ihre jüngere Schwester Thea", erklärte ich.

Erins kleine Schwester mit nahezu identischen Zöpfen nahm ihre Wasserflasche, während die Reiterin sich das letzte Stück Hotdog in ihren Mund schob.

„Erin Langley auf Newport", schallte es durch den Lautsprecher. Was dann geschah, ließ die Münder der Barker Brüder offen stehen. Newport nahm Haltung an, bog den Hals, kaute auf dem Gebiss und spitze aufmerksam die Ohren. Konzentriert marschierte er auf seinen tellergroßen Hufen in den Parcours, stand still beim Gruß und sprang dann in riesigen Sätzen über die Hindernisse. Er ließ alles völlig mühelos aussehen und absolvierte seine Aufgabe so gut, dass die beiden sofort die Führung übernahmen. Am Ausgang entspannte Newport sich sofort wieder und schien eine gelangweilte Miene aufzusetzen. Erin sprang ab und half Thea aufs Pferd, die ihn zum Abreiteplatz lenkte.

Kyle war vollkommen aus dem Häuschen. „Das gibt es doch nicht! Habt ihr je ein cooleres Pferd gesehen?"

Kurz darauf startete Fiona mit ihrer Fuchsstute. Sie schaffte eine Runde ohne Abwürfe in einer passablen Zeit, wurde aber gleich darauf von Kirsty und ihrem Schimmel überholt.

Niemand schaffte es mehr, Erin und ihr Wunderpferd zu schlagen. Kyle schnitt von uns dreien mit einem dritten Platz am besten ab, ich freute mich ebenfalls über eine fehlerfreie Runde und landete hinter ihm auf Platz vier. Tara kassierte leider einen Abwurf und wurde nicht mehr platziert. Alles in allem waren wir aber sehr zufrieden und machten uns gut gelaunt auf den Heimweg. Die errungenen Schleifen flatterten fröhlich an den Zaumzeugen unserer Pferde.

Kapitel 11

Die Falle

Manchmal wunderte sie sich selbst darüber, dass sie bisher von niemandem erwischt worden war. Ihre Tarnung schien gut zu funktionieren und mit dem schwarzen Umhang und dem dunklen Pferd schaffte sie es immer wieder unbehelligt in die Nacht hinausreiten zu können.

„Hey, das war echt unglaublich! Wie ihr euch traut, auf diesen großen Tieren über diese riesigen Hindernisse zu springen! Und Caitlin, wie schnell du geritten bist, um dieses schwarze Pferd einzufangen! Wahnsinn!" Peter, der offenbar das erste Mal ein Turnier besucht hatte, war noch immer ganz fasziniert.

Es war der Abend des Turniertages und vor uns lag eine weitere, große Aufgabe. Wir waren alle frisch geduscht und umgezogen und dinierten festlich an der langen Tafel auf Londerry Hall. Stephen saß neben mir und hatte, bewusst oder unbewusst, seine Hand auf meine gelegt.

Tara strahlte. „Ja, wir haben wirklich Grund zum Feiern! Hoffentlich klappt es beim Herbstturnier noch besser! Da hätte ich auch gerne eine Platzierung."

„Schade, dass wir dann nicht mehr hier sind!", bedauerte Toni.

„Wir haben noch eine tolle Neuigkeit!", kündigte Kyle an und grinste in die Runde. Er war ein guter Schauspieler. „Morgen wird ein Kunsthändler kommen, der einige unserer Gemälde kaufen möchte. Er war ein Bekannter unserer Großmutter, ein reicher Mann aus Amerika, der einmal im Jahr nach Irland kommt. Er sagt, Großmutter hätte ihm quasi zugesichert, dass er nach ihrem Tod alle Gemälde, die im Zusammenhang mit der schwarzen Reiterin stehen, kaufen kann. Nun kommt er also morgen vorbei und will sie auf ihre Echtheit überprüfen. Eine reine Formsache, schließlich kennt er die Gemälde eigentlich!" Wir hatten uns diese Geschichte ausgedacht, weil wir hofften, dass sich der Dieb jetzt gestresst fühlte und das Bild heute Nacht in einer unüberlegten Kurzschlussreaktion, erneut austauschen würde.

„Ihr wollt sie verkaufen?", vergewisserte Valerie sich. „Wieso?"

„Ach, an dem Gebäude müssen einige Renovierungen vorgenommen werden, das wird sehr kostspielig und wir kennen uns mit Kunst ohnehin nicht aus!", erwiderte Patricia und spielte ihre Rolle ebenfalls perfekt.

„Er kommt morgen Vormittag zur Begutachtung,

wenn ihr auf dem Ausflug seid. Abholen wird er die Bilder erst in einigen Wochen, am Ende seiner Europareise", ergänzte sie.

Schließlich wollten wir dem Dieb theoretisch ermöglichen, das Bild nach der Begutachtung ein letztes Mal zu tauschen und mit dem Original abzuhauen. Bis dann jemandem auffallen würde, dass das Bild, nachdem es von dem fiktiven Käufer für echt befunden wurde, eine Fälschung war, wäre jeder der Studenten längst über alle Berge.

Ich warf einen Blick in die Runde, um zu sehen, ob sich irgendjemand verdächtig benahm, doch alle verhielten sich wie immer und schaufelten Essen in sich hinein.

Patricia verabschiedete sich als Erste in ihr Zimmer, auch die anderen blieben nicht mehr lange.

Kyle lief nach oben und klopfte an Gigis Zimmertür, um zu überprüfen, ob sie auch heute Nacht bei Toni schlief. So wie die beiden beim Essen geturtelt hatten, war es aber mehr als wahrscheinlich.

Eine Nachricht auf unseren Handys verkündete, dass die Luft rein war. Erleichtert atmete ich aus. Hätte Gigi beschlossen, die heutige Nacht alleine zu verbringen, wäre unser Plan entschieden vereitelt worden. Wir waren quasi auf ein leeres Zimmer angewiesen, da man nur aus den Zimmern der Studenten den Gang überblicken konnte. Oder von den Bädern am Ende des Flurs, doch dass in der Nacht jemand die Toilette benutzen wollte und uns vier dabei antreffen würde, erschien uns doch zu wahrscheinlich.

Tara und ich hatten uns für das Essen hübsch angezogen. Dass wir jetzt die ganze Nacht in unseren recht eng anliegenden Kleidern verbringen mussten, hatten wir vorhin nicht bedacht.

Leise schlichen wir nach oben und hasteten in Gigis Zimmer. Tara und Kyle übernahmen die erste Wache und postierten sich hinter der Tür, die nur einen minimalen Spaltbreit geöffnet war.

Tara ließ sich elegant auf dem Boden nieder und drückte ihren Kopf an den Türspalt. Stephen und ich legten uns aufs Bett. Die Müdigkeit machte sich nun bemerkbar. Unter anderen Umständen hätte ich es ziemlich reizvoll gefunden, in einem engen Kleid mit Stephen in einem Bett zu liegen. Doch jetzt, müde von dem anstrengenden Tag und mit Kyle und Tara im Zimmer kamen bei mir wenig romantische Gefühle auf. Also kuschelte ich mich in Gigis Kissen und war nach wenigen Minuten eingeschlafen.

„Leute!" Taras unterdrücktes Zischen weckte mich. Kyle und sie standen beide an der Tür und versuchten, etwas im dämmrigen Gang zu erkennen.

„Es ist Peter", flüsterte Kyle.

Stephen und ich richteten uns gespannt auf.

„Nein, er geht nur auf Toilette", gab Tara Entwarnung. Ich seufzte und blickte auf mein Handy. Kurz nach Mitternacht.

„Sollen wir tauschen?", bot ich an.

Tara und Kyle wirkten erschöpft und willigten sofort ein. Stephen und ich krochen langsam aus dem Bett und postierten uns an der Tür.

„Gut geschlafen?", murmelte Stephen.

Ich bejahte leise. Es war wirklich anstrengend, in dieser nicht gerade bequemen Stellung an der Tür zu lauern und in den nahezu völlig finsteren Gang hinauszustarren. Dauernd veränderte ich meine Position und versuchte, eine etwas angenehmere zu finden.

Stephen begann, meinen Nacken zu massieren, was sich unheimlich gut anfühlte. Ihn jetzt im Dunkeln so nahe bei mir zu spüren, fand ich dann doch sehr aufregend.

„Du warst wunderbar heute", wisperte er und ich konnte seine Lippen an meinem Ohr spüren.

Langsam wandte ich den Kopf und küsste ihn. In meinem Bauch flogen jede Menge Schmetterlinge und meine Knie fühlten sich ähnlich weich an, wie nach dem Ritt, der erst vor wenigen Stunden gewesen war.

Stephen schien den Kuss genauso zu genießen wie ich, denn er löste sich nur unwillig von mir, als ich den Kopf wieder in Richtung Türspalt drehte.

Was ich da zu sehen bekam, hätte ich in meinen kühnsten Träumen nicht erwartet! Durch eine geöffnete Zimmertür drang etwas Helligkeit in den Gang und tauchte zwei Personen in ein mattes Licht. Gemeinsam machten sie sich an dem Gemälde zu schaffen.

Stephen weckte Kyle und Tara. Ich riss die Tür auf, gleich darauf betätigte Stephen den Lichtschalter. Wir alle blinzelten ins helle Licht und versuchten zu verarbeiten, was sich vor unseren Augen abspielte. Ein junger Mann und eine hübsche Blondine fuhren erschrocken herum.

„Liam?", rief ich, noch immer völlig verwirrt.

„Valerie?" Stephen klang ähnlich entgeistert.

Eindeutiger hätte die Szenerie jedoch nicht sein können. Beide standen komplett angezogen da. Die Tür zu Valeries Zimmer war leicht geöffnet und am Türrahmen lehnte ein Gemälde, offenbar das Original.

Die anderen Studenten waren aufgewacht und nacheinander öffneten sich die Zimmertüren. Fünf weitere, mehr oder weniger angezogene, junge Erwachsene traten auf den Gang hinaus und blickten mit großen Augen auf das Geschehen.

„Wir gehen besser nach unten!", schlug Stephen in einem Ton vor, der keinen Widerspruch duldete.

Kurz darauf saßen wir alle am Esstisch. Valerie hatte Tränen in den Augen, Liam sah völlig niedergeschlagen aus.

„Wir alle würden uns sehr freuen, wenn ihr uns das erklären könntet!", forderte Kyle gefährlich ruhig.

„Caitlin, es tut mir so leid", begann Liam.

Warum entschuldigte er sich bei mir?

„Das Bild gehört den Barkers, du musst dich bei ihnen entschuldigen", entgegnete ich kalt.

„Ich, ja, nein, also ja, das tut mir auch leid. Aber alles begann schon, als ich damals auf Schüleraustausch in Nizza war", stotterte er.

Überrascht sah ich ihn an. Ja, Liam war nach Nizza geflogen, als wir noch zusammen gewesen waren. Ich hatte es schrecklich gefunden, ihn zwei ganze Wochen nicht zu sehen. Etwas klingelte bei mir. Nizza. Valeries Heimat.

„Als ich damals in Nizza war, habe ich Valerie kennen gelernt. Wir hatten nichts Ernstes miteinander, schließlich war ich ja noch mit dir zusammen."

Ich schnaubte hörbar. Der ganze Tisch sah mich mitfühlend an. Natürlich war ich verletzt, doch dass Stephen fest meine Hand drückte, half etwas. Es gelang mir, einigermaßen ruhig zu bleiben.

„Und weiter?", drängte Tara.

Liam seufzte. „Valerie und ich hatten eigentlich keinen Kontakt mehr, bis ich mit eurer Großmutter die Studentenbewerbungen für dieses Jahr durchsah." Er blickte Stephen und Kyle an. „Ich durfte jedes Jahr mit auswählen, weil sie meinte, ich hätte eine gute Menschenkenntnis. Natürlich erkannte ich Valerie sofort und wollte, dass sie diese Chance bekam. Zu diesem Zeitpunkt hatte ich noch nicht vor, eines der Gemälde zu stehlen! Ehrlich!"

Das glaubte ich ihm. Hätte er es immer schon vorgehabt, hätte er vermutlich einfach die alte Mrs. Barker bestohlen.

„Und wie seid ihr dann darauf gekommen?" Stephen sah äußerst ungehalten aus.

Liam seufzte erneut. „Kurz bevor die Studenten ankamen, erfuhr ich, dass jemand, den ich sehr gern habe, dringend Geld brauchte. Mir war klar, dass Valerie auf Londerry Hall wohnen würde und dass dies eine einmalige Chance wäre, an eines der Bilder zu gelangen."

„Wie bist du hier rein- und rausgekommen?", wollte ich wissen.

„Ich kenne mich gut auf Londerry Hall aus", fuhr Liam fort. „Blair McGirrow ist ja auch immer aus dem Haus gekommen, ohne dass es jemand bemerkt hatte. Aus Valeries Zimmer, das möglicherweise einmal Blairs Zimmer war, geht ein schmaler Gang nach unten. Hinter dem Schrank gibt es die Tür dazu. Die Treppen führen in den Keller und dann wieder ein Stück nach oben."

„Moment, wir haben einen Geheimgang im Haus?" Kyle sah vollkommen ungläubig aus.

Liam nickte. „Ja. Draußen, wo sich damals der alte Stall befand, gibt es eine Tür im Boden, zwischen zwei Büschen. Ich habe sie beim Spielen entdeckt, als ich noch kleiner war und mit meiner Mutter herkam. Viele reiche Leute ließen früher solche Gänge als geheime Fluchtwege einbauen, auch hier auf Irland. Blairs Familie hatte Londerry Hall nicht erbaut, vielleicht wussten nicht einmal ihre Eltern davon. Aber Blair hat es wohl herausgefunden. Ich konnte Valerie von meinem Plan überzeugen, erzählte ihr von dem Geheimgang und sagte ihr genau, welches Zimmer sie nehmen musste. Valerie sollte die Hälfte des Geldes bekommen und erklärte sich bereit, zu helfen!"

Mein Blick schweifte zu Valerie, die schuldbewusst und mit hängenden Schultern zu sprechen begann. „Sofort nach meiner Ankunft begann ich heimlich in meinem Zimmer an dem neuen Bild zu malen. Und dabei ist mir der Fehler mit der falschen Beinfolge unterlaufen." Zerknirscht blickte sie zwischen uns und Liam hin und her. „Mir war klar, dass der Verdacht auf uns Studenten fallen würde, falls jemand bemerken sollte, dass dort ein anderes Bild hängt. Also organisierte ich mir für die Nacht, in der Liam das Gemälde austauschte, ein sicheres Alibi."

Stephen starrte sie fassungslos an. „Dann war alles gelogen, was du mir in jener Nacht erzählt hast?"

Valerie schüttelte schnell den Kopf. „Nein, ich habe

dich nicht belogen, Stephen! Das mit meinem Bruder ist genau so passiert!"

„Was, wenn dich draußen jemand mit dem Bild gesehen hätte?", fragte Tara an Liam gewandt.

Der sah zu Boden. „Auch dafür haben wir uns ein Ablenkungsmanöver einfallen lassen. Es war kein Zufall, dass die schwarze Reiterin gerade jetzt vermehrt auftauchte."

„Wir wollen die ganze Wahrheit. Jetzt!", verlangte Stephen.

Mein Ex-Freund nickte, zog sein Handy heraus und rief jemanden an. „Sie haben uns erwischt. Komm bitte zum Eingang."

Kapitel 12

Die schwarze Reiterin

Verzweifelt seufzte sie auf. Alles war verloren. Sie waren so nahe dran gewesen, doch nun war ihr Plan gescheitert. Erneut würde man sie von ihrem geliebten, schwarzen Pferd trennen. Sie hatte nicht helfen können und alle enttäuscht. Das Mädchen trieb ihr Pferd an und galoppierte mit wehendem Umhang ein allerletztes Mal durch die Nacht nach Londerry Hall.

Wir erhoben uns alle und gingen zum Haupteingang. Da ich nicht davon ausging, dass mein Ex-Freund in Kontakt zur Geisterwelt stand, war ich mehr als gespannt, was wir jetzt erfahren würden.

Und ich traute meinen Augen kaum. Vom Wald herauf näherte sich ein großes, schwarzes Pferd. Der Umhang der Reiterin wehte im Wind. Wir waren immer zu weit entfernt gewesen, um das Trommeln der Hufe und das Schnauben des Pferdes zu hören. Doch jetzt war es ganz offensichtlich, dass es sich hierbei nicht um die wiedergekehrte Blair mit Ciar handelte.

Das Pferd hielt vor uns und die Reiterin rutschte

von seinem Rücken.

„Nightstar?" An dem kleinen, weißen Stern auf der Stirn erkannte ich zweifelsfrei Fionas Pferd. Sie machte gemeinsame Sache mit Liam und Valerie? Und schien auf wundersame Weise auch ihr Pferd plötzlich unter Kontrolle zu haben. Nightstar trug nämlich weder Sattel noch Trense, lediglich ein Halfter, an dem ein Führstrick befestigt war.

Die Gestalt nahm endlich den Umhang ab und darunter kam ein dunkelhaariges Mädchen zum Vorschein. Eindeutig nicht Fiona.

„Die Kellnerin?" Tara starrte das Mädchen an wie eine Außerirdische.

Neugierig sah ich genauer hin. Tatsächlich, es war Shawna, das Mädchen, das im „Gerry's" arbeitete. Liams neue Freundin.

„Es tut mir so leid", murmelte Liam und nahm sie in die Arme. Ich sah, wie Shawna zu zittern begann. Tränen liefen über ihr Gesicht.

„Jetzt ist alles aus!", schluchzte sie.

Wir waren komplett verwirrt. Was hatte das alles zu bedeuten?

„Komm doch mit rein", bat Stephen, dessen Stimme beim Anblick des traurigen Mädchens schon etwas weicher klang.

„Du kannst Nightstar dort anbinden." Kyle deutete auf einen Baum neben dem Haus.

Wenig später saßen wir wieder am Tisch. Dieses Mal waren alle Augen auf das geheimnisvolle Mädchen gerichtet. Die schwarze Reiterin sah auf dem Stuhl im Esszimmer weit weniger unheimlich aus. Eine Jugendliche in unserem Alter, die offenbar sehr verzweifelt war.

„Eigentlich lebe ich mit meiner kleinen Schwester Zoë und meiner Großmutter in Nordirland", begann sie. „Meine Eltern sind bei einem Verkehrsunfall ums Leben gekommen. Zoë war erst zwei Jahre alt, als es passierte. Den Feuerwehrleuten ist es damals gelungen, Zoë und mich aus dem brennenden Auto zu befreien. Aber unsere Eltern haben es nicht geschafft."

Sie brach kurz ab und ich konnte sehen, dass sie Tränen in den Augen hatte. Wie bei Blair waren also auch ihre Eltern durch Flammen gestorben.

„Meine Schwester ist Autistin. Jetzt ist sie acht und ich liebe sie über alles, aber es ist oft sehr schwierig mit ihr. Unsere Mum hatte ein großartiges Turnierpferd, eine Stute. Sie starb bei der Geburt ihres letzten Fohlens, kurz bevor unsere Eltern den Unfall hatten. Dieses Fohlen war Nightstar." Shawna holte tief Luft. „Großmutter übernahm die Vormundschaft für Zoë und mich. Gemeinsam zogen wir Nightstar auf. Als er alt genug war, begann ich ihn zu reiten. Er hat großes Talent fürs Springen, genau wie seine Mutter. Alles war soweit in Ordnung, bis uns irgendwann das Geld ausging. Großmutter hat nur eine kleine Rente und wir konnten uns das Haus auf dem Land mit dem Stall für Nightstar nicht mehr leisten. Also zogen wir in eine kleine Wohnung und brachten ihn in einem anderen Stall unter. Ich arbeitete an den Wochenenden, doch dann wurde Zoë verletzt und brauchte eine teure und zeitaufwendige Therapie. Das Geld reichte überhaupt nicht mehr und schweren Herzens mussten wir Nightstar verkaufen. Übers Internet hat Fiona Callaghan ihn gefunden und kaufte ihn. Natürlich wollte ich ihn unbedingt irgendwann zurückholen, doch fürs Erste musste ich nur sichergehen, dass er gut behandelt wurde. Zoë macht nur noch Rückschritte, seit Nightstar weg ist, und als ich hierherkam und sah, dass es ihm ohne uns überhaupt nicht gut ging, war ich wirklich verzweifelt. Fiona ist eine gute Reiterin, aber Nightstar war wohl zu sehr an mich gewöhnt."

Sie blicke auf und Liam drückte ihre Hand.

„Zufällig traf ich Liam. Er organisierte für mich eine Arbeit und die Wohnung über dem Pub. Die Schule hatte ich kurz vor Ende des Schuljahres einfach geschmissen. Wir lernten uns besser kennen, verliebten uns und ich erzählte ihm von meiner Situation. So kamen wir auf die Idee, eines der Bilder zu stehlen, zu verkaufen und mit dem Geld Nightstar von den Callaghans zurückzuholen. Fiona kam ja ohnehin nicht gut mit ihm zurecht und wir hofften, dass sie ihn uns überlassen würde, wenn wir den Kaufpreis erstatten konnten."

Wir starrten sie alle an. Wahnsinn, sie hatte schon so viel durchgemacht.

„Als Fiona begann, Nightstar über Nacht auf der Koppel zu lassen, ritt ich ihn heimlich. So wurde er tatsächlich etwas ruhiger und wir ließen die schwarze Reiterin auf diese Weise wieder auferstehen. Die Legende passte perfekt, wir gingen davon aus, dass jeder nur auf mich achten würde, sodass Liam ungestört aus- und eingehen konnte. Hat ja auch funktioniert. Wir haben alles durchdacht, ich achtete darauf, dass jemand mich sah, dann erzählte Liam euch die Geschichte im Pub. All das schon, bevor die Studenten kamen, sodass niemand das Erscheinen der schwarzen Reiterin mit ihnen in Verbindung bringen würde." Sie lächelte gequält.

Abwechselnd sah ich Shawna und Liam an. Er musste wirklich viel für dieses mutige Mädchen empfinden, dass er sich für sie strafbar machte.

„Es tut mir alles so wahnsinnig leid! Ich wollte wirklich niemanden erschrecken und schon gar nicht kriminell werden, aber ich sah keinen anderen Ausweg! Liam und Valerie haben das nur für mich gemacht!" Sie schluchzte auf und redete weiter. „Ihr habt hier alles, ein großes Haus und zwei fantastische Pferde. Wir dachten ehrlich, dass ihr ein Bild kaum ver-

145

missen würdet, wo ihr euch ohnehin nicht für Kunst interessiert."

Mir kamen Liams Worte im Pub wieder in den Sinn, an dem Abend, als er Stephen und Kyle zum ersten Mal gesehen hatte: *„Ich habe oft Einkäufe für eure Großmutter erledigt und wollte euch gerne kennenlernen. Seid ihr auch solche Kunstliebhaber wie sie?"* Die Brüder hatten verneint.

„Ich dachte wirklich, dass ich mit dem Geld meiner Familie und Nightstar wieder ein besseres Leben ermöglichen könnte! Zoë würde die Betreuung bekommen, die sie braucht. Und Nightstar wäre endlich wieder bei uns", schloss Shawna und sank auf ihrem Stuhl zusammen wie ein Häufchen Elend.

Stephen und Kyle schienen nicht so recht zu wissen, wie sie darauf reagieren sollen.

„Am besten, du bringst Nightstar zurück, bevor es hell wird! Die Callaghans müssen das ja nicht sofort erfahren", schlug Stephen vor. „Liam, Valerie, ihr bleibt hier!"

Shawna nickte, erhob sich und ging mit hängenden Schultern zur Haustür.

Ich fragte mich, was Stephen jetzt tun wollte. Die Polizei rufen? Die Brüder verließen das Zimmer, um unter vier Augen zu sprechen. Inzwischen war ich hundemüde und wenn ich so in die Runde sah, ging es den anderen wohl genauso. Gigi und Toni schlurften in die Küche und kochten Kaffee für alle. Patricia und Mr. Higgins, die ja im zweiten Stock schliefen, hatten bisher von alledem nichts mitbekommen.

Als Stephen und Kyle zurückkamen, sahen beide recht zufrieden mit sich aus.

„Valerie, wir möchten, dass du das Bild erneut malst. Ohne den Fehler mit den Beinen!", sagte Stephen bestimmt.

„Ihr lasst uns nicht sofort verhaften?" Ein Hoffnungsschimmer zeigte sich auf Valeries blassem Gesicht.

„Nein." Stephen sah sie kalt an.

„Dann lag Caitlin also richtig mit dem Trab und der diagonalen Beinfolge und so? Ich dachte, sie fantasiert sich da etwas zusammen." Peter sah uns an.

Kyle nickte. „Caitlin hatte recht. Sonst wäre uns das alles gar nicht aufgefallen."

„Okay, ich male das Bild noch einmal. Aber warum?" Valerie sah fragend zu den Brüdern auf.

Das würde mich auch interessieren.

„Liam, habt ihr euren Käufer noch? Wie viel möchte er bezahlen?", erkundigte sich Kyle.

Liam nickte. „Ja, aber ihr habt doch selbst jemanden, der es kaufen möchte, oder?"

Als Liam unsere Blicke sah, schlug er sich mit der flachen Hand gegen die Stirn. „Es gibt überhaupt keinen Käufer! Und wir sind einfach darauf reingefallen!"

Wir nickten etwas selbstgefällig.

„Unser Interessent zahlt eine viertel Million", gab Liam resigniert Auskunft.

Alle rissen die Augen auf, nur Kyle und Stephen blieben völlig cool.

„In Ordnung. Wir möchten, dass ihr es macht, wie geplant. Verkauft das Original und holt Nightstar zurück! Wir behalten Valeries neues Bild. Ihr hattet recht, wir werden den Unterschied nicht bemerken!", sagte Kyle.

Liam starrte die beiden an. „Ist das euer Ernst? Müsst ihr das nicht erst mit eurer Mutter besprechen?"

Stephen schüttelte den Kopf. „Klar besprechen wir es mit ihr, aber die Erben von Londerry Hall sind wir."

Liam sah aus, als hätte er soeben den Weihnachtsmann persönlich getroffen.

„Allerdings möchten wir, dass das gesamte Geld für Shawna und ihre Schwester verwendet wird. Shawna ist ein tapferes Mädchen. Sie soll ihre Schule zu Ende bringen und mit ihrer Großmutter und ihrer Schwester in ein Haus ziehen, wo Nightstar in der Nähe untergebracht werden kann. Wenn alles so abläuft, werden wir keine Anzeige erstatten."

Wenige Tage später saßen Stephen, Kyle, Tara und ich auf der Veranda. Vor uns aufgeschlagen lag die heutige Ausgabe der Tageszeitung.

„*Die Rückkehr der schwarzen Reiterin*", lautete die Überschrift. Untertitel: „*Der Zusammenhang zwischen einem Kunstdiebstahl auf Londerry Hall und einer alten Legende*"

„Der Artikel ist gut geschrieben", fand Tara. „Super, dass eure Mutter so toll reagiert hat und nichts gegen den Verkauf des Bildes einzuwenden hatte!"

„Ja wirklich, aber es war ja für einen guten Zweck." Stephen nahm einen großen Schluck Limonade und blinzelte in die Sonne. „Unglaublich, dass die Studenten morgen schon abreisen. Die Zeit ist unheimlich schnell vergangen!"

„Es ist ja auch eine Menge passiert", meinte Kyle.

Der Plan war rundum aufgegangen. Der Verkauf des Bildes hatte die gewünschte Menge Geld eingebracht, Fiona war bereit gewesen, sich wieder von Nightstar zu trennen, und so war Shawna erneut glückliche Besitzerin des schwarzen Wallachs. Vorerst stand er jedoch noch in seiner Box bei den Callaghans.

Für heute Abend war ein großes Grillfest auf Londerry Hall geplant. Nicht nur alle Studenten und Mr. Higgins würden dabei sein, sondern auch Liam, Shawna und Fionas Clique waren eingeladen. Irgendwie hatte die Sache mit Nightstar Fiona erträglicher gemacht und vielleicht konnten wir irgendwann doch so etwas wie Freunde werden.

„Langsam sollten wir los und Mum nicht alles alleine vorbereiten lassen!", meinte Stephen mit einem Blick auf die Uhr.

Wir sprangen auf und liefen dann einträchtig nach Londerry Hall. Patricia fanden wir in der Küche, wo sie auch gleich Aufgaben an uns verteilte.

Bevor wir uns am Abend alle zum Essen an der großen Tafel im Freien niederließen, gingen wir hinauf in den ersten Stock. Valerie hatte das neue Bild wie versprochen fertiggestellt. Nun hing es an seinem Platz in einem alten Rahmen, den Kyle auf dem Dachboden gefunden hatte.

Ich konnte absolut keinen Unterschied zu dem Original feststellen.

„Das ist sehr gut gelungen!", lobte auch Patricia.

„Aber versprich uns bitte allen, dass du nie wieder ein Gemälde fälschen wirst!", mahnte Mr. Higgins.

Valerie, die nach der ganzen Sache erheblich kleinlauter geworden war, schwor es.

Wenig später saßen wir alle draußen. Es war ein lauer Spätsommerabend, der Mond warf ein helles Licht auf die grauen Steine von Londerry Hall.

„Das hier ist wirklich ein magischer Ort!", schwärmte Shawna und konnte ihre bewundernden Blicke kaum von dem imposanten Gebäude nehmen.

„Vielleicht war es tatsächlich ein wenig der Zauber von Londerry Hall und der Wille der schwarzen Reiterin, was dich hierhergeführt hat", meinte Kirsty. „Du und Blair, ihr habt viele Gemeinsamkeiten. Zum einen seht ihr euch ein wenig ähnlich und seid beide auf eurem schwarzen Pferd durch die Nacht um Londerry Hall geritten. Zum anderen habt ihr beide eine kleine Schwester, habt beide eure Eltern durch ein Feuer verloren und auch du hast sehr jung deine große Liebe gefunden." Sie warf einen Seitenblick auf Liam.

Wir lauschten andächtig und mussten zugeben, dass Kirsty nicht unrecht hatte.

„Und auch du kannst sehr gut mit Pferden umgehen, Shawna", fügte Fiona hinzu. „Möglicherweise bist du ja mit der schwarzen Reiterin verwandt. Du hast nicht zufällig Vorfahren in diesem Teil der Insel?"

Shawna lachte. „Nicht, dass ich wüsste. Aber ich werde Großmutter danach fragen, wenn ich zu Hause bin!"

„Für mich bist du auf jeden Fall die neue schwarze Reiterin von Londerry Hall!", erklärte Temo und die anderen Studenten stimmten ihm zu.

„Was habt ihr jetzt vor?", wollte Gigi wissen und sah Shawna und Liam fragend an.

Liam zuckte die Schultern. „Wir werden zuerst in die Wohnung ziehen, in der Shawnas Schwester und Großmutter jetzt leben. Nightstar bekommt eine Box in einem nahe gelegenen Reitstall. Und dann sehen wir weiter."

„Vielleicht habe ich eine Lösung für euch!" Gigi grinste geheimnisvoll. „Ich habe vor einigen Jahren ein nettes, kleines Haus in der Nähe von Portrush von meiner Großtante geerbt. Dort habe ich jetzt drei Jahre gewohnt. Wenige Meter davon entfernt befindet sich ein Schuppen, in dem meine Stute Keeta mit dem Wallach des Nachbarmädchens steht. Es ist kein nobler Stall, aber ein ordentlicher Unterstand mit einer großen Koppel", erzählte sie. „Ich würde gerne mit Toni gehen und mein Studium in Italien beenden. Doch natürlich brauche ich jemanden, der sich um Keeta kümmert und das Haus instand hält. Für euch beide, deine Großmutter und deine Schwester, ist dort genug Platz. Meine Ferien würde ich bei euch und Keeta verbringen!"

Shawna starrte sie an. „Das wäre ja perfekt! Oh mein Gott, danke Gigi! Das klingt zu gut, um wahr zu sein! Ich weiß gar nicht, was ich sagen soll!"

Liam sah genauso glücklich aus wie sie.

Für einen Moment verweilten meine Augen auf meinem Ex-Freund. Er sah deutlich reifer aus als zu der Zeit, in der wir zusammen gewesen waren. Und das würde er auch sein müssen. Es würde sicher helfen, dass sie ein Haus und genügend Geld zur Verfügung hatten. Und doch, Shawna und er waren noch so jung. Sie mussten ihre Schule beenden. Und sie hatten sich gemeinsam um zwei Pferde, eine alte Frau und ein autistisches Kind zu kümmern. Liam würde Aufgaben übernehmen müssen, an denen manch Vater scheiterte.

„Da fällt mir ein, ich habe noch etwas für euch!", unterbrach Temo meine Gedanken.

Er verschwand kurz im Haus und kam dann mit einem Bild in der Hand zurück.

„Ich finde, eine echte, schwarze Reiterin sollte auf Londerry Hall nicht fehlen!"

Er zeigte uns ein sehr gelungenes Gemälde von einer Reiterin, die mit wehendem Umhang auf einem schwarzen Pferd in Richtung Londerry Hall galoppierte. Alle waren begeistert.

„Ich habe es aus der Erinnerung gemalt, als wir sie in jener Nacht nach dem Besuch im Pub gesehen haben!" Er zwinkerte mir zu und ich lächelte etwas verlegen zurück.

Das Gemälde bekam einen Ehrenplatz über dem Kamin im Speisezimmer. Obwohl Mr. Higgins sich kaum traute zu fragen, sicherte Patricia ihm zu, dass er und weitere Studenten nächstes Jahr wieder auf Londerry Hall willkommen wären.

Kapitel 13

Am Ende des Sommers

Noch immer konnte sie die neuesten Entwicklungen nicht begreifen. Niemals hätte sie gedacht, dass es so fürsorgliche und großzügige Menschen gab. Sie hatte falsch gehandelt, doch sie hatte es aus Verzweiflung getan. Und dafür war sie nicht bestraft worden. Sie durfte mit ihrem schwarzen Pferd vereint bleiben, für immer!

„Es ist unglaublich schön hier!" Stephen lächelte zu mir hinüber und tätschelte Whisper beruhigend den Hals, die eine auffliegende Möwe misstrauisch beäugte.

Ich nickte. Es war einer der wenigen Tage, an denen nur wir beide zusammen ausritten. Der Himmel war grau und mit schweren Wolken verhangen, was der Landschaft ein dramatisches Aussehen verlieh.

„Caitlin, ich muss dir etwas sagen", begann er in einem Ton, der nichts Gutes verhieß.

Mein Lächeln erstarb und ich blickte automatisch hinauf zu den düsteren Wolken.

„Ich habe mich für dieses Jahr noch nicht für die

Uni eingeschrieben."

„Warum nicht? Die Fristen sind längst abgelaufen."

Er nickte. „Lindsay und ich haben immer davon geträumt, nach dem Schulabschluss für eine Weile ins Ausland zu gehen, bevor wir mit dem Studium beginnen. Ich habe lange darüber nachgedacht und weiß, dass der Zeitpunkt jetzt nicht ideal ist. Whisper ist noch so jung und wir beide ..." Seine Stimme verlor sich.

Damit hatte ich überhaupt nicht gerechnet. Er würde gehen?

„Für wie lange? Und wohin?"

„Wir wollten immer nach Griechenland und auf den Spuren der griechischen Göttersagen reisen. Und auch wenn sie nicht mehr lebt, habe ich das Gefühl, dass ich diese Sache noch tun muss. Für sie. Und für mich. Ich brauche das, bevor ich ein neues Kapitel in meinem Leben anfangen kann. Bis zum Frühjahr möchte ich auf jeden Fall zurück sein!"

„Und dann?"

„Ich habe bereits mit Dr. Bishop, dem Tierarzt, gesprochen. Sobald ich wieder hier bin, werde ich eine Praktikantenstelle bei ihm annehmen und dann nächsten Herbst mit dem Studium beginnen."

Langsam nickte ich. Er hatte alles gut durchdacht und geplant.

„Wann geht es los?", wollte ich wissen. Jetzt, wo

der ganze Trubel mit den Studenten auf Londerry Hall vorbei war, wo ich gehofft hatte, dass wir uns endlich näher kommen würden, ausgerechnet jetzt verließ er mich? Um sich unter der griechischen Sonne zu rekeln und den Mädchen dort die Köpfe zu verdrehen? Andererseits, wenn es ihm half, seinen Frieden mit Lindsay zu schließen? Verbieten konnte ich es ihm ohnehin nicht und mich deshalb mit ihm streiten wollte ich auch nicht. Er hatte von Anfang an gesagt, dass er nicht bereit für eine feste Beziehung wäre. Und ich hatte ihm versichert, dass es für mich in Ordnung sei. Auch wenn ich gehofft hatte, dass er es sich im Laufe des Sommers anders überlegen würde.

Stephen zuckte die Schultern. „Noch ist nichts gebucht. Ich wollte zuerst mit dir darüber reden und außerdem möchte ich euch beim Herbstturnier auf keinen Fall im Stich lassen!"

Erleichtert grinste ich zu ihm hinüber. Er würde also nicht sofort abreisen. Vielleicht hatte die ganze Sache ja auch etwas Positives.

„Wenn du ein Jahr wartest, beginnen wir gemeinsam mit dem Studium", stellte ich fest.

Stephen lachte. „Ja! Wir wären alle vier im selben Jahrgang. Das könnte wirklich witzig werden!" Dann wurde seine Miene wieder ernster. „Caitlin, ich mag dich sehr. Du bist ein erstaunliches Mädchen und den Sommer mit dir habe ich wirklich genossen. Aber ich möchte nicht, dass du in irgendeiner Weise das Gefühl hast, auf mich warten zu müssen. Du hast dein Abschlussjahr vor dir, du sollst feiern, Dates haben und natürlich auch irgendwann lernen. Es wäre das Letzte, was ich will, dass du nur an mich denkst. Du kannst nichts für diesen Unfall in meiner Vergangenheit und dass ich erst darüber hinwegkommen muss. Aber ich werde viel an dich denken und ich verspreche, dass ich zurückkomme."

Es erschien mir sehr unwahrscheinlich, dass ich Lust darauf haben würde, mich mit anderen Jungs zu verabreden.

„Ich verspreche ...", begann ich.

Doch Stephen unterbrach mich. „Nicht! Versprich jetzt nichts, was du nicht halten kannst!"

Jetzt musste ich doch grinsen. „Schon gut, ich wollte keinen Treueschwur leisten. Ich verspreche dir, gut auf Whisper aufzupassen."

„Das freut mich, auch darüber wollte ich mit dir reden! Kyle hat das auch angeboten, aber es wäre toll, wenn ihr euch gemeinsam um sie und um ihr Training kümmern würdet! Ihr zwei seid sehr gute Reiter und es würde ihr sicher nicht schaden, wenn sie von euch beiden lernen könnte!"

„Natürlich, ich freue mich darauf! Und ich schicke dir regelmäßig Fotos und Videos, wie es mit ihr läuft."

„Danke! Du bist die Beste! Und vergiss nicht, egal

was passiert, ich bin nie länger als einen Flug entfernt, falls etwas sein sollte."

Roxy, die nicht verstand, warum wir auf ihrer Lieblingsgaloppstrecke am Strand so lange im Schritt blieben, begann unruhig zu tänzeln.

„Ist ja gut, meine Schöne!", murmelte ich und sah auffordernd zu Stephen hinüber.

Aus dem Schritt heraus ließen wir unsere Stuten angaloppieren. Nach nur zwei Sätzen hatte Roxy sich vor Whisper geschoben. Ihr kräftiger Körper donnerte unter mir dahin und ich spürte ihre pure Lebensfreude. Vor mir lag der vertraute Strand und der Wind fegte die traurigen Gedanken rasch aus meinem Kopf.

Ein halbes Jahr würde schnell vorbeigehen. Ich konnte mich in aller Ruhe auf mich selbst konzentrieren und endlich überlegen, was ich studieren und mit meinem Leben anfangen wollte. Schon allein in diesem Sommer war so viel passiert! Wie würde mein Leben aussehen, wenn Stephen zurückkam? Konnte ich dann noch die gleichen Gefühle für ihn hegen? Wäre er dann bereit für eine Beziehung mit mir? Ob Tara und Kyle dann überhaupt noch ein Paar waren? War unsere Freundschaft stark genug, unseren Schulabschluss und das Studium an unterschiedlichen Universitäten zu überstehen?

All das konnte ich jetzt noch nicht wissen und das schien mir gerade auch völlig in Ordnung. Ich war sechzehn, ich war genau in dem richtigen Alter, um Fehler zu machen und nicht alles wissen zu müssen.

„Wer startet als Erster?" Tara linste über Stephens Schulter, der den Zeitplan für den Geländeteil des Herbstturnieres in den Händen hielt.

„Wir Schimmelreiter starten zuerst. Ich bin schon als fünfter dran, dann kommst du, Tara, danach Kyle und Caitlin als letzte", informierte er uns.

Na klasse, als letzte von unserem Team zu starten, setzte mich erheblich unter Druck. Es war der zweite Tag des Herbstturnieres und bisher hatten wir uns gut geschlagen. Doch noch stand Vieles offen.

Fiona startete vor Stephen und verließ die Strecke nach ihrem Ritt mit hängenden Schultern. Ihre Fair Lady hatte am Wasser verweigert und damit hatte Fiona sämtliche Aussichten auf einen Sieg verspielt. Auch ihr Team würde dies in der Wertung nach unten ziehen.

Die Geländestrecke stellte sich als schwieriger heraus, als wir anfangs gedacht hatten. Viele Reiter hatten wie Fiona Probleme am Wasserhindernis. Auch ein ziemlich imposant aussehender Baumstamm, nachdem es steil nach unten ging, machte Pferden und Reitern das Leben schwer.

Whisper bewies Vertrauen in ihren Reiter und übersprang mutig alles, was ihr in den Weg kam.

Wann immer ich die beiden zwischen den Bäumen erkennen konnte, sah ich, dass Stephens Lippen sich unaufhörlich bewegten, während er auf seine junge Stute einredete. Als die beiden es geschafft hatten, zog ich Roxy zu ihnen hinüber.

„Super gemacht!" Ich tätschelte Whisper anerkennend den verschwitzten Hals.

Tara war bereits auf dem Abreiteplatz. In der Zwischenzeit sah ich Kirsty zu, die mit spielerischer Leichtigkeit alle Hindernisse mit ihrem Tatum überflog. Gleich danach kam Brianna auf dem schnellen, braunen Riddles. Verdammt, Fionas Team war gut in Form! Doch auch Tara hatte fleißig trainiert und lieferte eine sehr gute Leistung ab. Auch wenn Grace immer etwas vorsichtig an die Hindernisse heranging, zeigte sie auf den langen Strecken zwischendurch, dass sie ein echtes Vollblut war.

Erin Langley hatte Pech auf ihrer Runde. Newport stolperte unglücklich und die beiden verloren zu viel wertvolle Zeit.

Als Kyle sich bereitmachte, ritt auch ich in Richtung Abreiteplatz. Roxy war in Topform, ich konnte förmlich spüren, wie sehr sie sich darauf freute, endlich auf die Strecke zu dürfen. Sie kaute energisch auf dem Gebiss und machte ausgreifende Schritte. Vom Abreiteplatz aus bekam ich von Kyles Ritt leider kaum etwas mit. Als der Lautsprecher verkündete, dass er die Zeit von Samuel Callaghan, die bisherige Bestzeit getoppt hatte, jubelte ich innerlich.

Tara kam zu mir und gab sich keine Mühe, ihre Freude darüber zu verbergen. Wenn ich ein gutes Ergebnis erzielte, standen unsere Chancen auf einen Sieg in der Teamwertung sehr gut. Und im Moment hatte ich sogar noch die Möglichkeit auf einen Sieg im Gelände, wenn ich schneller wäre als Kyle. Doch würde mir das gelingen?

„Wem von uns beiden drückst du eigentlich die Daumen?", fragte ich Tara scherzhaft auf dem Weg zum Start.

„Blöde Frage, dem schnelleren natürlich!"

Roxy schoss los wie eine Rakete, als das Signal ertönte. Ich spürte, wie das Adrenalin durch meinen Körper schoss. Dafür lohnte es sich, zu leben! Roxy setzte mühelos über das erste Bürstenhindernis und raste auf einen Baumstamm zu. Noch eine Bürste, dann ging es zum Wasser. Wilde Freude durchströmte mich, als mein Pferd vollkommen furchtlos hineinsprang und kraftvoll hindurchpflügte.

Weiter ging es zu dem Baumstamm am Abhang. Sie zögerte leicht, doch als ich sie nachdrücklich antrieb, und ihr gut zuredete, übersprang sie den Stamm mit gespitzten Ohren und galoppierte trittsicher den Hang hinunter. Unten gab es eine längere Galoppstrecke. Meine wunderbare Stute streckte sich unter mir und ich legte mich beinahe flach über ihren Hals.

Noch fünf weitere Hindernisse und wir hatten es geschafft! Wir waren verdammt schnell gewesen, da war ich mir ganz sicher!

„Eine hervorragende Runde für Caitlin Dunne auf Roxana! Damit landet sie vorläufig auf Platz zwei!", verkündete die knackende Stimme aus dem Lautsprecher. Für einen kurzen Moment war ich enttäuscht, dass ich Kyle trotz meines guten Rittes nicht eingeholt hatte, aber als Tara, Stephen und Kyle freudestrahlend auf mich zukamen, war dieses Gefühl vergessen.

„Wir haben gewonnen!", riefen sie begeistert. Offenbar gingen sie nicht davon aus, dass einer der fünf Reiter, die nach mir starten würden, unsere Zeit unterbieten konnte. Und mir wurde klar, dass das mindestens genauso schön war, als mich allein als Sieger zu feiern!

„Und auf dem ersten Platz, Kyle Barker auf Black Magic!", kam es vom Kommentator. „Damit sichert sich Kyle Barker nicht nur den Einzelsieg beim Geländeritt, sondern auch in der Teamwertung mit seinen Teammitgliedern Tara Sullivan auf Full of Grace, Caitlin Dunne auf Roxana und Stephen Barker auf Whisper!" Fiona und ihr Team landeten auf Platz zwei und ich beobachtete lächelnd wie Kyle und Samuel sich die Hände schüttelten.

„Sieht aus, als hättest du ein Händchen für gute Reiter!", murmelte ich Tara anerkennend zu. Die lachte und blickte zwischen Kyle und ihrem Ex-Freund hin und her.

„Wie wir alle wissen, gibt es noch zu verkünden, wer die Ehre haben wird, mit James Priscott zu trainieren!", konnten wir die Stimme aus dem Lautsprecher wieder vernehmen und lauschten aufmerksam.

Drei Tage später ritten wir entspannt in Richtung Strand. Ein leichter Nieselregen hatte eingesetzt, doch das störte weder uns noch die Pferde.

„Es freut mich wirklich für Erin, dass sie das Training bei Mr. Priscott bekommen hat! Sie ist eine klasse Reiterin!", bemerkte Stephen gerade.

„Ja, niemand hat es mehr verdient als sie!" Tara nickte zustimmend.

„Aber Fiona wäre nicht Fiona, wenn sie nicht wahnsinnig damit angegeben hätte, dass James Priscott ihren Eltern angeboten hat, ihnen ein Pferd für sie zu verkaufen", lachte ich.

Tatsächlich war James Priscott nach dem Turnier auf Fiona und ihre Familie zugegangen. Er hatte die Sache mit Nightstar in der Zeitung gelesen und witterte zahlungswillige Kunden. Wie wir heute in der Schule erfahren hatten, verschwendeten ihre Eltern keine Zeit und Fiona war seit gestern Abend stolze Besitzerin einer hübschen Rappstute namens Cleopatra. Gezüchtet und trainiert von James Priscott persönlich. Auf Fionas Smartphone hatten wir bereits Bilder und Videos von der Stute ansehen dürfen.

„Ja, mit diesem Wunderpferd dürften wir es beim nächsten Herbstturnier etwas schwerer haben!", prophezeite Stephen.

„Ach, ich gönne es ihr, nach dem ganzen Stress mit Nightstar!" Zu meiner eigenen Überraschung tat ich das tatsächlich.

„Sehr erwachsen von dir!" Tara warf mir einen anerkennenden Blick zu. „Geht mir aber eigentlich genauso, wir müssen eben vor dem nächsten Turnier noch fleißiger sein!"

Es war der letzte, gemeinsame Ausritt mit Stephen auf unbestimmte Zeit. Morgen würde er in ein Flugzeug nach Athen steigen.

Für Tara, Kyle und mich hatte das letzte Schuljahr bereits begonnen und schon jetzt ließen uns alle Lehrer überdeutlich spüren, dass dies unser wichtigstes Jahr war. Ich würde mich deutlich mehr bemühen müssen und nahm mir fest vor, meine Hausaufgaben nicht mehr von Tara abzuschreiben. Doch heute wollten wir den Tag alle in vollen Zügen genießen.

„Lust auf einen Galopp?", rief Kyle auffordernd.

Wie üblich setzten Roxy und Grace sich sofort an die Spitze.

Tara und ich lachten auf, unsere Stuten flogen förmlich nebeneinander her und ließen die Barker Brüder ein ganzes Stück hinter sich zurück. Vor mir sah ich die Ohren meiner Stute, den Strand und unendlich viele Möglichkeiten.

Hat dir dieses Buch gefallen?
Ich freue mich aufrichtig über jede Nachricht von
meinen Lesern auf Instagram oder Facebook.
Bis bald!

Instagram: nina_unwritten
Facebook: Christina Straßberger

Weitere Bücher von mir:

Das Vermächtnis des goldenen Pferdes
(auch als E-Book erhältlich)